マドンナメイト文庫

美少女たちのエッチな好奇心 大人のカラダいじり

浦路直彦

目次

contents

第1章　美少女たちの秘密の悪戯……7
第2章　スク水少女のペニス弄り……53
第3章　初めての幼いフェラチオ……98
第4章　ご褒美は飲尿＆処女セックス……138
第5章　小悪魔たちの禁断ハーレム……204

美少女たちのエッチな好奇心

大人のカラダいじり

第一章　美少女たちの秘密の悪戯

「火が小さいわ。俊介《しゅんすけ》、炭木と着火剤をもっと入れて！」

グリルの下を覗きながら牧村理香《まきむらりか》が言った。

「わかった。理香ちゃん、紙皿と飲み物をテーブルに並べてくれ」

工藤《くどう》俊介は軍手を嵌《は》め、チャコールに着火剤を塗ってからグリルの下に入れた。

「理香、俊介さん、って言いなさい。何度も言ってるでしょ」

理香の母親がすかさず注意する。理香はいつものように小さく笑い、肩をすくめるだけだ。

「そうだぞ。俊介はパパの部下だ。理香の子分じゃない」

父親の牧村敏雄《としお》も言ったが、こちらは半笑いだった。

「僕も自分の上司が社長なのか理香ちゃんなのかわからなくなりますよ」

俊介は調子を合わせつつ、用意のできた食材をバーベキュー用のグリルに並べていった。肉や野菜の焼ける香ばしい匂いが青空の下に流れる。

「いい匂いだ。ビールが飲みたくなるな」

「飲んでください。帰りは僕が運転しますよ、社長」

俊介は自分が用意したクーラーボックスから缶ビールを取り出した。

「おっ、それはうれしいな。甘えるとしよう」

四人掛けのテーブルを囲み、アウトドア用のディレクターズチェアに腰掛けた。

澄んだ青空とさわやかな風に囲まれて、ちょうど正午にバーベキューは始まった。

「理香ちゃん、コーラ入れてくれよ。氷をたっぷりな」

俊介が紙コップを渡す。

「ビールじゃないの？　俊介、さん」

母親に言われた直後なので、理香はややワザとらしく俊介にさん付けした。

「僕は飲めないよ。帰りは運転するし」

理香は手際よく網の上の肉をひっくり返し、「焼けたわよ」と両親や俊介の皿に乗せていた。慣れているので、けっこうな「バーベキュー奉行」ぶりだ。理香自身も、紙皿に焼けた肉やコーンを取り、旺盛な食欲を見せている。

白の半袖ジャケットに、下は赤いティアードスカートで、時節に合った軽装だったが、アウトドアの装いとしては、やや脚の露出の多いのが気になった。

髪はロングの黒髪をポニーテールにして動きの邪魔にならないようにしている。

「俊介さんがいてくれてよかったわ。家族三人だと、ここまで盛り上がらないもの」

理香の母親が感謝の言葉をかけてきた。

「俊介はマンションまで同じだし、半分うちの家族みたいなもんだ」

父親も上機嫌で言った。酒には強いのだがすぐ顔に出るタチだった。

父親の牧村敏雄は、俊介の勤めるイベント機材レンタル会社の社長だった。従業員四十人ほどの会社だが、アイデアマンの敏雄が固定客をがっちりつかみ、新規顧客をつかむマネジメント力もあって、経営的に潤っていた。

面接のときに同じマンションだとわかり、敏雄も俊介も驚いたのだが、敏雄の目は間違っていなかった。一見控えめに見える俊介も企画力があり、お祭り好きだった。数字にも強く、入社してすぐに敏雄に気に入られた。「総務部長補佐」というのが俊介の肩書だったが、実質敏雄の私設秘書に近かった。

入社直後から、同じマンションの敏雄の家によく食事に呼ばれるようになり、アウトドア派の敏雄の家族に、日帰りや一泊の小旅行に同伴するようになっていた。

二年前、十歳の四年生だった理香は、最初からよく俊介に懐いていたのだが、俊介を自分の部下だと勘違いしているところがあり、しばしば両親から注意されていた。

「じゃあこんど俊介さんの家に泊まりにいってもいいよね、ママ？　家族とおんなじなんだから」

「調子に乗らないの」

焼き肉用のタレの匂いに混じって、チーズとトマトソースの香りが漂ってきた。

「はい、俊介さん」

薄切りのバゲットにチーズを塗ってグリルで軽く焼き、焼けた食材を乗せたものを理香が手渡してきた。

「カナッペか。これは上品で楽しいですね」

理香の母親のアイデアだった。ほかにもアルミホイルでアクアパッツァをつくったり、敏雄が簡易燻製器を持ってきていて、肉やチーズをスモークしたりと、野外活動が趣味の夫婦らしい工夫が随所に見られた。

野外バーベキュー会場にはほかに十数組のグループがいて、それぞれに煙を上げて青空の下で料理を楽しんでいた。

「よそはどこも焼き肉のタレの匂いなのに、うちだけイタリアンみたいな香りがしてますね」

オリーブオイルやトマトソース、白ワイン、チーズなどを多用しているため、洋風の香りが強く立ち昇っている。

「普通のテントより、車にくっついてるほうが安心感があるだろ」

敏雄が片手で缶ビールを上げ、胸を張った。

四本足のテントではなく、敏雄はミニバンの側面につけるカーサイドテントを用意していた。

「これだとちょっと風が吹いても安心ですね」

「本格的なキャンピングカーがほしいんだけどな。今日はこれで我慢してくれ」

敏雄は赤ら顔で陽気に笑った。

「ごちそうさま。おいしかった。ねえママ、俊介さんと川に遊びに行っていい？」

理香は食べ終えると、一瞬だけ両手を合わせて、当然の権利のように言った。

「だめだめ。ここは家じゃないんだ。キャンプ場では全員で共同作業が原則だよ。いつも言ってるだろ」

敏雄が優しく叱った。

ちぇー、とワザとらしく言いながらも、理香はてきぱきと後片付けを手伝った。

利用者のために水道はたくさんあったが、紙皿や紙コップを用意していたため、燻製器などの大型の道具を敏雄が洗うほかは、自分たちの手を洗うぐらいだった。

「見て、泳いでる子もいるよ。水着を持ってきたらよかったわ」

俊介といっしょに洗いものをしつつ、理香が川に目をやった。陽光に反射して清流はキラキラと輝いていた。

「小さな子が親といっしょに川べりで水遊びしてるだけだよ。理香ちゃんみたいな大きな子が派手な水着で遊んだら目立つぞ」

罪のない皮肉を込めて俊介が言う。

「片付け終わったよ。ママ、俊介さんと川で遊んでくる」

母親は俊介のほうを見て、

「面倒かけるけどお願いします」と小さく頭を下げた。母親も俊介を理香の遊び相手としてみているフシがあった。

「あはっ、冷たーい！　あったかそうに見えたのに」

サンダルのまま理香は水に入っていき、足元を見ながら進んでいく。

「俊介も来て」

振り返って理香は笑みを向けた。母親に声が聞こえないところまで来ると、さっそく呼び捨てにしている。まだ足首が水に浸かっているだけなのに、赤いミニスカートの裾を両手でつまんでいた。三分の二ほども露出したふとももは、小学生なのに華奢で流麗なラインを描いていた。

「ストップ！ それ以上行っちゃだめだ」

ふくらはぎの半分ほどが水に入ったところで俊介が少しだけ厳しい声を出した。

「えー、でもあの子、あんなところまでいるよ？」

少し進んだところで浮き輪で遊んでいる親子を指さし、子供らしい不満声を出す。

「あれはお父さんといっしょだからだよ。あれもホントは危ないぐらいだ」

「俊介もいっしょに来てくれればいいじゃない」

「だーめ。水の流れを甘くみちゃいけない」

理香はかわいらしい頬をふくらませ、仕方なさそうに手を差し出した。

「俊介が手を引いてくれたら戻る」

「サンダルを流されるなよ」

俊介が手を伸ばし、理香の手をつかもうとしたそのとき、理香が脚を滑らせて体勢を崩した。

「おっと！」

俊介が手をつかんで転倒は免れたが、一瞬だけ腰まで水に浸かってしまった。

「うえー、スカートがビショビショ……」

「ほら、危ないって言ったろ」

「んふ、パンツも濡れちゃった」

俊介の目を見て理香は笑った。おかしな意味が含まれているように感じたのは気のせいだろうか。

手をつないだまま、二人はゆっくりと川岸に戻った。

(やっぱり小学生だな。手が小さくてふっくらしてる)

背が高くスタイルもいいのに、握った手は、猫か子犬の肉球を思わせる、子供独特のふんわりした触感だった。

(おととし……四年生のころに比べてずいぶん大人っぽくなったと思ったけど、やっぱりまだまだ子供なんだな。胸もぜんぜんないし……)

ウェストが引き締まり、肩や腰回りが丸みを帯びて、女性らしいシルエットになりつつある。横から見ると、お尻も生意気に突き出している。二年前の十歳のころは、髪型以外は男児と変わるところがなかったのだが……。

「俊介、このままどこへいくの?」

ニヤニヤ笑う理香の言葉に、我に返った。水べりをとっくに出て、乾いた砂利の上を歩いているのに、手をつないだままだったのだ。

「んふふ、あたしは別にいいけど。このまま手をつないで俊介と二人でどっか行きたいな」

手をギュッと握ってきた。

「こらこら、パパやママに見られるぞ」

大人らしい牽制のつもりだったが、どこか妖しいニュアンスがこもってしまった。

「ね、あそこに座ろうよ」

川から少し離れたところに、バーベキュー場利用者のための休憩場所があった。緑地を蛇行するようにプロムナードが敷かれ、十脚ほどのベンチが置かれている。ベンチは木陰に入るように、木立の合間に配置されていた。

「ここ、人いないね。みんな川に行ってる」

子供は休憩などに興味はない。保護者も休む間もなく川に付き合うかたちだ。

「俊介、もうちょい足を閉じて」

ベンチに腰掛けた俊介の足を指して理香が言った。

膝を緩めに閉じた俊介のふとももの上に、理香が横向きに座ってきた。

「隣が空いてるだろ」

「んふふ、ここがいいんだもん。重くないでしょ？」

「うん。重さのうちに入らない。何キロだ？」

「三十二キロ」

理香は即答する。あと数年も経てば、こんな質問には答えてくれなくなるだろう。

「ねえ俊介、まだカノジョいないの？」

横向きの姿勢で俊介の両足に腰掛け、脚をプラプラさせながら訊いてきた。

「いないよ。ってか、大きなお世話だ。小学生のくせに」

当然の主張を、角が立たない口調で言う。

「じゃあ、そろそろなってあげてもいいよ」

「ん？　なにが『なってあげても』なんだ？」

「俊介のカノジョに。あたしももう、来年は中学生だし」

「…………」

正直、驚きは大きくはなかった。これまでの俊介への接し方でなんとなくこれぐらいのことは言いそうだったからだ。ただ、はっきりと言われて返答に窮したのだ。

「理香ちゃんにはもっと若くてすてきな男の子が現れるよ」

もっと若くて。なんだかオジサンみたいなフォローになってしまった。

「シャチョーの娘として、俊介に三つ命令があります」

「お？　なんだろ」

理香は、俊介の前では、雇用主の子女であることを隠しもしない。無遠慮な物言いで命令をしてくる。他の従業員にはそんなことはしないのに。

「パパとママがいないとき、あたしのことは理香って呼んで。ちゃんはいらない」

「……わかった」

「二つ目。背中がダルい。手で支えて」

不安定な姿勢で俊介の両足に乗っているため、姿勢のいい理香の背中はやや丸くなっていた。

「こうかな？」

俊介は理香の背中に手を回し、上半身の体重を支えた。触れすぎないように注意しても、やはり抱き寄せる格好になってしまう。

「もっとしっかり。ギュッと」

仕方なくそうすると、理香は頭を俊介の胸に預けてきた。

ポニーテールにした黒髪が俊介の腕にかかり、トリートメントの香りがふわりと鼻腔をくすぐった。

「こらこら、目立っちゃうよ」

「だいじょうぶ。ほら、誰もあたしたちなんて見てないよ」

川に目をやったが、たしかに自分たちを注視している人はいない。

「パパはたぶんどっかタバコを吸えるところを探してるし、ママも車の中でクーラーを効かせてひと休みしてると思う」

理香は顔を上げ、俊介の不安を見透かしたようにイタズラっぽく笑った。

面長でふっくらした面立ちだが、顎は尖っていて引き締まったシルエットだ。見上げる瞳は黒目がちで、まさに大人をからかおうとする子供のまなざしだ。唇は薄めだが、ふんわりした下唇の形でいつも笑っているような印象を見る人に与える。

「理香ちゃん、美人になるだろうなあ」

牽制の意味も込めて、直球で感想を口にした。だが、

「んふふ、とーぜん。俊介、早い者勝ちだよ」

小学生に軽くかわされてしまった。だが、両足を乱暴に揺らせていて、そうとうに照れくさいと感じているのは伝わってきた。

俊介のふとももの上で、理香の小さなお尻が軽く揺れている。

（まずい……勃ってきた）

思いもよらず、下半身が充血を始めてしまい、俊介は狼狽した。

美少女の理香にボディタッチされることは日常茶飯事だったが（牧村家とのお付き合いだけでなく、仕事中でも）、これまでは小学生のこと、おかしな感情を持つことなどなかったのに。

「ね、あたしたち、どう見えるかな？　親子じゃないし」

「親子なわけないだろ。僕はまだ二十四歳だ」

ちょっとムキになってしまった。

「それでもあたしの倍だよ。んふふ、やっぱりコイビトさんたち？」

「それも無理がある」

「俊介、頭ナデナデして」

話が飛ぶのは理香の得意技だった。親子ぐるみの二年間の付き合いで学んでいる。話についていかないと理香は子供らしく不機嫌になるのだ。

「撫でなで？　小さな子供みたいだな」

「んふふ、頭撫でられるの、好きなの」

俊介は手のひらをお椀にして、理香の後頭部をそっと撫でた。

ポニーテールが少し邪魔だったが、髪の毛の表層に触れる程度に、そっと優しく。

「ほら、寝るんじゃないぞ」

うつむき加減の理香の顔を覗き込むと、目を閉じていた。

「俊介、お腹も撫でて。ちょっと濡れちゃったから冷えちゃう」

いくぶん危ない申し出だったが、俊介はもう一方の手のひらを理香のお腹に当てた。

半袖ジャケットは見た目以上に薄手で、その下の肌の感触を生々しく俊介の手に伝えてきた。女性らしい身体つきになっていても、どこか幼児のようなぽっこりした印象があった。まちがっても大人の女性の脂肪の感触ではない。

「んふふ、くすぐったい」

理香が腹筋を軽く揺らしながら、寝ぼけたような声でクスクスと笑った。

「服は乾いてるけど、体温が少し下がってないかな」

「自分じゃわかんない。俊介、脚触ってみて」

目を閉じているかと思ったが、半目になっていた。そして口元には薄い笑みが浮かんでいる。

他意のない仕草で、俊介はそっと理香のふとももに触れた。

「そんなに冷たくなってない。大丈夫だろ」

「俊介の手、あったかい。脚もナデナデして」

ふとももに当てた手を、左右にさすった。

（すごく張りがある……プリプリだ）

驚くほどの弾力だった。妙齢の女性らしい脂肪がまったく乗っておらず、筋肉と皮膚だけの感触だ。ゴムのような張りがありながら、おそろしくなめらかで、同時にしっとりと手に吸い付くような不思議な触感だった。

「こっちも。脚は二本あるのよ」

甘えた口調で、小馬鹿にしたように言う。

膝から上に撫でるとき、かすかに産毛の逆立つ抵抗を感じた。

（ヘンな気分になりそうだ……）

勃起は収まっていなかった。しかし姿勢的に理香が勘づくことはないだろう。

俊介のふとももから、小さなお尻の二つの肉の感触が伝わってくる。そしてこの軽さ！　自分の足の感触だけで、大人の女性ではありえない小ささだとわかる。

「ねえ俊介、その手、もっと上までさすって……」

夢見るような、どこか困ったような口調で理香は小さくつぶやいた。

「だめだよ。スカートの中に手が入っちゃうぞ」

「んふふ、お願い」

「だ・め・で・す」

「んー、ケチぃ。チャンスだったのに、俊介のおバカ」

理香は拗ねたように足をバタバタさせた。

「じゃあ三つ目の命令を言うわよ」

気を取り直したように顔を上げ、俊介に笑みを向けた。

「え？　いまの撫でなでがそうじゃないのかい」

「あれは二つ目のお願いについてるオプション」

なんだそりゃ。

「俊介、キスして」

見上げたまま理香は笑みを消し、低い小さな声で言った。

「……さっきも言ったけど、そういうのは――」

「難しく考えないでよ。キスぐらい、パパやママともまだしてるんだから」

そうなのか、と答えているあいだに、ゆっくり理香の顔が近づいてきた。

「あー、待てまて。やっぱりダメだ、こんなこと」

慌てて顔を引き、ちょっと大きな声を出した。理香は意外そうに眼を丸め、

「ねえ、俊介の目の上になにかついてるよ」

え？　と片手で目をこすった。「取れた？」

「まだついてる。ちっちゃい虫かな。ちょっと目を閉じて」

指でつまむような仕草で手を近づけてきた。俊介は目を閉じた。

「んむん？」

唇が温かく濡れた感触に包まれた。

驚いて目を開けると、すぐ目の前に理香の小さな顔があった。

「あー、理香！」

女子小学生の、文字通り子供だましの手に引っ掛かってしまった。

「んふふ、俊介とチューしちゃった」

いかにもイタズラの成功した子供らしい顔でニヤつきながら、

「ねえ、一回も二回もおんなじでしょ。もういっかい……」

悔しいが唇に残る感触に、俊介は強い感慨を受けていた。

付き合っていた女性と最後に性交をしてから数カ月、女性の唇がこんなにやわらかく甘いものだったのかと驚いたのだ。

罪悪感を覚えつつ、俊介もゆっくり顔を近づけた。そして、あらためて唇を重ねた。

理香の背中を支えていた手に、無自覚なまま力が入り、しっかり抱き寄せていた。

薄く目を開けると、狭い視界に、理香の形のいい輪郭がすっかり見えている。

（理香ちゃん、こんなに顔が小さいんだ……）

いわゆる小顔なのだが、そもそも小学生なので造形そのものが小さい。

キスをしたまま口を開けそうになった。経験上、反射的にゆっくり舌を入れようとしていたのだ。

理香は目を閉じていた。かすかに唇が動くほかは身体はまったく動かない。

時間をかけて唇を離した。理香は夢から覚めたようにゆっくりと目を開いた。

「んふふ、俊介とホントのキスしちゃった……」

勝気な美少女は、見たこともない恥ずかしそうな笑みを浮かべていた。

「ねえ、俊介、ここも……さすって」

至近距離で俊介を見つめたまま、理香は俊介の手を取った。その手を自分のスカートの上に導く。

子供らしくないボディタッチを繰り返してきた理香の、ついに奸計に嵌《はま》ったような気がした。

（小学生の悪ふざけにここまで付き合っていいのか？）

だが俊介の手は、理香の小さな手につかまれ、クレーンゲームのようにミニスカートの上に置かれてしまった。

「んふふ、ほら、こう……」

重ねた手で、理香は俊介の手を軽くゆすった。

（ああ、女の子の形だ……）

ひらひらしたミニスカートの繊維は薄く、強く押さえているわけではないのに、その下の形が手に伝わってきた。下腹部とふとももをつなぐ、女性独特のYの字の形。

「あは、俊介にこんなとこ触られてる」

理香は言ったが、作り笑いもイジワルな口調も失敗していた。

「こらこら、僕を犯罪者にするつもりか」

「そんなことしないよ。俊介のこと、好きだもん」

自分の言葉に恥ずかしくなったのか、理香は顔をうつむかせた。

だが女子小学生は、拙《つたな》い誘惑行為をやめたわけではなかった。

うつむいたまま、俊介の手を持ち上げ、今度はふとももに置いた。

「……奥も、さすって」

「理香ちゃ——理香、さっきも言ったけど」

「これが四つ目のお願いよ。して」

ちゃんをつけるなと言われて几帳面に言い直したのに、理香に遮られた。

「さっき三つ命令があるって言ってたのに」

「増えたの。んふ、あと十個ぐらい出てくるかも」

理香は緊張のこもる短い笑い声をあげた。

（きれいな黒髪だ……）

こんなときに俊介はそんなことを考えた。卵型のきれいな頭頂部から、つややかな黒髪が伸びている。野外で動きやすいようにポニーテールにしているが、やはり普段のストレートのほうがかわいく見える。

華奢で流れるようなラインのふとももを、俊介はゆっくり前後にさすった。さすりながらゆっくりとミニスカートに近づけていく。

手がミニスカートの裾に触れた。ためらうように手を前後させつつ、その奥にしのばせていった。

（細い脚に見えるけど、座ったら少しふくらむな）

足を閉じているので、さすっている手の先がもう一方の足に触れた。

（あ、理香のパンツ……）

手が理香の下着に触れた。気づかないフリをしてそのまますする。

（……大丈夫、乾いてる。子供は体温が高いからな）

川で水に濡れたと言っていたが、理香自身の体温で乾いたのだろう。

理香が寝言のようになにかをつぶやいた。

「え？　なんて」

「……そこ、触って」

うつむいた理香の顔に、精一杯耳を近づけて、やっと聞き取れるほどの声だった。

ミニスカートの中で、俊介は手のひらをお椀にした。

そして理香のパンツの上から、性器を包むように手のひらで覆った。

（いいのか、こんなことして……）

常識的な罪悪感を覚えるいっぽうで、手のひらに伝わる感触が頭を占めた。

（理香の性器……小さいけど、やっぱり女性のアソコの形だ）

お椀にした手のひらよりもひと回り小さな、控えめなふくらみがあった。コットンらしいパンツはほんのりと温かかった。

（理香、やっぱり濡れてる。え？　いや、これは……）

パンツのクロッチは濡れていた。川の水ではない。じっとりと糸を引くような粘り

めてみたくなった。

「理香、いまエッチな気分になってる？」

理香はうつむいたまま答えない。二年間で初めて、俊介はこの美少女を言葉でいじめてみたくなった。

「子供のくせに、エッチな気分になっちゃってるんだ？　理香って、見た目通り、いけない子なんだな」

パンツのクロッチに重ねた手をもぞもぞと動かすと、

「んん……んんんっ！」

理香は押し殺したような喉声をあげた。怖い夢にうなされる子供のようだ。

（ここ、理香の縦線だ……）

曲げた指の先が、Y字を刻む縦線の溝に触れていた。濡れたパンツが陰唇に食い込んでいて、容易にわかる。

そこに少しだけ弾みをつけて、クンッ、と力を込めた。

「あんんっ！　いやっ」

ふいに理香は顔を上げ、強く眉根を寄せた。

俊介はゆっくりと手をスカートから出した。

「びっくりしたかい？　まだ理香には早いよね。ごめんね」

フォローにもなっていないフォローだが、優しい声音で言ったのが効いたのか、

「うん……びっくりした。俊介のえっち」

とろけるような笑みを浮かべて理香は顔を上げた。

そのとき、遠くから「りかちゃーん」「しゅんすけー」と呼ぶ声が聞こえた。

「パパたちだ。そろそろ行かなきゃ」

理香が俊介のふとももから立ち上がると、笑みを浮かべて、

「俊介、耳を貸して」

「わっ！　とか言うんじゃないだろうな」

「そんな子供みたいなことしないよ」

理香は両手でガードをつくり、俊介の耳元で、

「すーき」

とささやいた。

ポニーテールを揺らし、軽快な足取りで両親の車に走っていく理香を見ながら、

（小学生の女の子にヘンなことしてしまった……社長と奥さんに申し訳ない……）

理香から誘ってきた、などと愚かな言い訳はできない。大人の分別として、俊介は

深く後悔していた。

「あ、俊介、ごめん。あたしさっき、ひとつウソついちゃった」

走っていく理香がふと振り返り、そんなことを言った。

「ウソ？」

「パパとママとキスしてるって話、あれウソよ。いまどきいないよ、そんな人」

啞然としている俊介を取り残し、んふふ、と笑って理香は走り去った。

＊

「これ、お願いします」

女子児童が差し出した三冊の本を受け取ると、俊介はバーコードスキャナを手にした。本の奥付に添付してあるバーコードを読み取り、

「はい、図書カードを見せて」

児童が差し出したカードも読み取ると、貸出履歴がパソコンに記録される。

「二週間だよ。しっかり読んで勉強してね」

四年生ぐらいの女子児童はカバンに三冊の本を入れ、「ありがとう」と言った。女

の子には珍しく、本はいずれも星や星座のものだった。おそらく夏休みの自由研究にでも使うのだろう。お父さんといっしょに望遠鏡で夜空でも眺めるのだろうか。

(夏休みが近づいたら、自由研究関係はすぐになくなっちゃうな)

小学校の図書室の本棚を見渡しながら俊介は思った。

俊介は牧村敏雄の会社に勤めているが、正社員ではなかった。

俊介は、面接の段階で契約社員を希望してきた変わり種だった。週四回勤務で、契約は毎年更新。派遣社員と正社員の長所ばかりを狙った特殊な契約だったが、俊介を気に入った牧村社長の鶴の一声で採用・承認が決まった。ワンマン社長の中小企業だからできた裏技だった。

あいた時間を、俊介は近隣の小学校のボランティアに当てていた。

俊介には不動産の心得が少しあり、毎月の賃貸収入と契約社員の給料で生活はまったく問題なかったのだ。

子供が好きだったので、俊介のマンションから歩いて行ける公立の「倉橋《くらはし》小学校」のボランティアに応募したところ、図書室の受付を当てられたのだ。

「おーい、もう少し静かにしてくれ」

広くはない図書室を見回りながら、大声ではしゃぎはじめた男子児童に注意した。

（お、あの子、またいるな）

六人掛けのテーブルで静かに本を読んでいる女子児童がいた。

姿勢よく椅子に腰掛け、両手に本を持って行儀よく読んでいる。テーブルの下では
チェックのスカートに包まれた膝をきっちりと合わせていた。

「こんにちは、工藤さん」

少女はふいに顔を上げ、俊介に挨拶してきた。勉強の邪魔をしてはいけないと、そ
の場を通り過ぎようとしていたので、少し驚いた。

「あれ？　どうして僕の名前を知ってるの」

「うふ、胸に書いてるじゃないですか」

えっ、と自分の胸に目をやって納得した。「図書ボランティア・工藤俊介」と書か
れたネームプレートを首から下げていたのだ。これがないと不審者とみなされるため、
教員以外の学校関係者は常に首から下げておかないといけない。

だがボランティア要員の名前を覚える児童はふつういない。

「髙田《たかだ》さん、いつも熱心に勉強してるね」

「あれ、わたしの名前、知ってるんですか？」

こんどは少女が同じ質問をした。

「いつも借りてるからね。図書履歴に名前がよく出るんだ。六年生の髙田亜弥《あや》さん」

亜弥はうれしそうに、恥ずかしそうに笑った。

(可愛い子だな。パッと見は理香と似てるんだけど、雰囲気がちがう……)

卵型の顔立ちにロングの黒髪、瞳は潤んだようにぱっちりとしていて、全体的に小振りなつくりだった。身長も含めて、理香と共通点が多い。暗がりで見たら理香と見間違えるかもしれない。

だが全身から漂うオーラが、理香とはまったくちがった。

理香が「動」なら、亜弥は「静」だ。アウトドア派の理香は図書室など来ない。

「いろんな勉強してるね。今日は算数かい?」

亜弥の読んでいた本は、数学の図書で、xやyが出ていた。

「連立二元方程式の本。ちょっと面白くて」

こんなのは自分は中学生のときに習わなかったか? 倉橋小学校は公立校だが、先進的な校風で、中学進学に合わせて、中学二年までの各教科の図書が置いてあった。

「えっと、髙田さん、そんな本も読んでるの?」

亜弥がテーブルにキープしていた本は五冊あった。算数関連の本ばかりかと思ったが、一冊のタイトルが目を引いた。

『はじめての性』。

児童のプライバシーに関わるので、本来こんな質問はタブーだったが、つい声に出てしまった。そもそも、そんなたぐいの本なら、他の本に隠してしまわないか……。

「そうなんですけど、工藤さん……」

言いながら亜弥はゆっくりとその本を手に取った。ゆっくりだが、動きに迷いがなかった。最初からそうしようと決めていたかのようだ。

栞《しおり》を挟んでいたらしく、あるページをすぐに開いた。それとなく左右を見てから、俊介を見上げ、声をひそめて、

「これ、すごいですよね……」

それは男女の性行為の断面をカラーで表した絵だった。勃起した男性器が、女性器の奥に挿入されている図で、線を引いて「陰茎（ペニス）」「ヴァギナ（膣）」「子宮」「肛門」などの言葉が添えられている。

「……そんなのは髙田さんにはまだ早いんじゃないかな」

「どうして？　この図書室にある本ですよ」

亜弥はおかしそうに笑う。下唇が優しい笑顔をつくっていた。

「そうだな。髙田さんも、男と女の秘密を知ってしまったわけか」

ヘタなフォローでそれとなくその場を去ろうとしたが、黒目の大きな瞳に捉えられて、なんとなく逃げられなかった。

「ねえ、工藤さんも、こんなことしたことあるんですか？」

亜弥が片手で口元を隠しながら訊いてきた。理知的な美少女にこんな顔ができるのかと思うような、イタズラっぽい笑みだった。

「……そんなこと、誰彼なく人に訊いちゃいけないよ」

「工藤さんだから訊いてるんです」

やはり迷いがなかった。子供らしい笑みなのに、瞳の奥がどこか本気だ。

「そりゃ、僕も大人だからね」

消極的に俊介は肯定した。

「ふうん」

と亜弥は興味深そうに小さく笑った。

「それは、どんな女の人ですか？」

「大人の女性だよ、もちろん」

「ふうん」

と今度は関心なさそうにつぶやいた。

「ねえ、たとえばですけど……わたしが工藤さんと、ちょっとだけそんなことを試してみたい、とか言ったら、怒ります？」

亜弥はよそ見をしながら訊いた。さすがに面と向かって訊きにくい質問だ。

「怒る」

と俊介は笑いながら言った。内心でかなり驚いていた。

「そんなのは高田さんが大人になって、好きな人ができてからでも遅くないよ」

強い既視感を覚えながら俊介は言った。

「その好きな人が工藤さんだったらどうします？　歳は関係ないと思います」

きっちりした敬語を使ってそんなことを言ってきた。

「それは……」

と俊介は口ごもった。理香に続いて、間を置かず小学生の女の子に「好き」と言われてしまった。

なんとか大人らしい返答をしようとしたところへ、

「工藤さん、新規図書が納入されました。検品して納品お願いします」

と巡回の教員が声を掛けてきた。

「わかりました。すぐ伺います」

ちょっとホッとして俊介は教員に答えた。

「新しい本が届いたの？　わたしも行っていいですか」

すかさず亜弥が立ち上がった。子供らしい好奇心に満ちた笑みが浮かんでいる。

階段を下りるあいだも、助手のように少し後ろを追いかけてきた。

途中、同じ制服の低学年らしい児童数人が階段を駆け上がってくる。

「この小学校の制服、チェックのスカートが変わってるね」

「そうかな。工藤さんの小学校のときはどうだったんですか？」

「僕のときは私服だった」

亜弥の着ている夏服は、白い丸襟ブラウスに、青地に白のチェックの吊りスカートだった。ブルーのリボンタイを下げ、通学時には白いメトロ帽を被っている。夏らしい装いだが、バスガイドを思わせるメトロ帽と相まって、きっちりした雰囲気が亜弥に合っているように思えた。

届いた新規図書は五十冊。夏休みの課題図書の追加があるので多かった。

配達のお兄さんの伝票と合わせて検品を終えると、

「これ、全部持って上がるんですか？」

「そうだよ。エレベーターを使おう」

倉橋小学校には、障がいを持つ児童が普通クラスで勉強できるようにエレベーターが設置されていた。通常は他の児童や教職員も使用は禁止されていたが、こんなときは特例だ。

「わたし、このエレベーターに乗るの、初めてです」

車椅子が乗れるように箱の中は広かった。そこに新品の本を乗せた台車ごと乗る。

「こないだ、一組の斉藤《さいとう》先生がこっそり乗ってるの見たんです。ずるいわ」

「先生たちはときどき使ってるみたいだね。大人も体調の悪いときがあるからな」

エレベーターが開くと、預かっている鍵を取り出した。

「図書室の隣の控室に入れるんだ。あそこもたぶん、児童が入るのは初めてだぞ」

そこは十二畳ほどの部屋で、三隅に背の高い書架《しょか》が置いてあった。

「わあ、本がいっぱい」

勉強好きらしい亜弥が嬉しそうに声を上擦らせた。

「新着の本とか、返品用を保管して置くスペースなんだ」

「いま来た本はどこに置くんですか?」

「あの上」

俊介が指差したのは、右の書架の最上段だった。本をつかんで見上げたところへ、

「わたしがやりたい」

「背が届かないだろ」

「脚立を使います」

亜弥は端にあった五段ステップの小さな脚立を持ってきた。

「……小さな脚立でもけっこう怖いですね」

「昇ってから本を渡すよ。天面に乗るなよ。その手前のステップに跨るんだ」

ビクビクしながら亜弥は言われたとおりにしたが、小学生の身長では書架の最上段は頭の上だ。

「あのスペースに置けばいいんですね?」

そうだよ、と俊介は本を数冊手渡した。亜弥は両手で本を収めていく。

左右の手の範囲に行き渡ると、いったん脚立を下りて場所をずらし、また昇った。

(可愛いお尻だなあ。理香よりも少し小さいかな)

脚立に跨る亜弥のお尻をなんとなく見つめながら、俊介はそんなことを考えていた。

ちょうど目の前に、チェックのスカートに包まれたお尻があったのだ。

子供らしいサイズで、まだ骨盤のふくらみが始まっていない。しかし男児にはないぷっくりした丸みがあり、将来のスタイルを頼もしく暗示させていた。

（スカート、軽そうだな。簡単にめくれそうだ）

夏服のスカートは繊維も薄そうだった。頭の悪い考えに、俊介は内心で失笑した。

「この新しい本、いつから借りられるんですか？」

「パソコンに登録してバーコードを取り付ければ借りられる。いつもはゆっくりやるんだけど、夏休みの課題図書とかあるから、今回は急がないといけないんだ」

「うふふ、それもお手伝いしたいなぁ」

脚立に昇ったまま、亜弥は軽く振り返って笑った。

そのとき、亜弥が足を滑らせた。

「あっ！」「おっと！」

バランスを崩した亜弥の身体に、俊介は反射的に両手を伸ばした。

倒れてきた亜弥は、きわめて短いあいだに半回転してしまい、俊介はそのまま抱きとめていた。そして、あろうことか顔と顔が触れ、二人の唇が触れてしまったのだ。

軽く歯が当たってカチンと鳴る程度の接触で、ロマンチックなキスではない。

俊介も動揺してしまい、お姫様抱っこするかたちで強く抱きとめていた。

「大丈夫かい？　気をつけないと」

「だいじょうぶです……ごめんなさい」

見つめ合ったまま、なんともいえない沈黙があった。

「ほら、降りなさい」

「あのっ、もうちょっとこのまま……」

亜弥は俊介を見つめたまま、ギュッと俊介のシャツをつかんだ。

三十センチに満たない距離で見つめながら、あらためて顔の小ささに驚いた。

「……お姫さま抱っこって、したことあります？」

「ある」

「どうでしたか？」

質問の意図がわかりにくいが、亜弥自身も同じかもしれない。

「大人の女性だったからね。正直言うとすごく重かった。軽そうだったのにな」

美少女は目を細め、白い歯を見せて笑った。

「わたしはどうですか？」

「羽毛みたいに軽いよ。本の山のほうがよっぽど重い」

ゆっくりと亜弥を下ろし、立たせた。

「うふふ、わたしはこんなこと、初めてです」

返答に困る言葉だった。見ると亜弥は俊介のシャツをつかんだままだった。そのままの姿勢で俊介の胸を見つめ、固まっている。

「……工藤さん、さっきの話ですけど」

「さっきの？　なんだったっけ」

とぼけたが容易に察しはつく。

「あの図みたいに、工藤さんと試してみたい、って……」

最後のほうは尻すぼみになり、ほとんど聞き取れなかった。

「じゃあ、僕もさっきの答えを繰り返すけど、そんなのはもっと大きくな――」

「わたし、ずっと考えてたんです。工藤さんとそんなことするのを……」

俊介を遮って亜弥は主張したが、やはり言葉が途中から小さくなっていった。

じれったくなったのか、亜弥は顔を上げて「うふふ」と笑うと、小さな腕で俊介にしがみついてきた。

「ちょっと、髙田さん……！」

俊介も、いかにも仕方なさそうに、亜弥の背中に両手を回した。

理香のときとは異なり、小学校の制服を着た女児を抱くのは、独特の背徳感があった。

（小さな背中……手のひらにすっぽり収まるよ）

指をいっぱいに広げると、少女の肩甲骨から脊椎、ウェストのくぼみ近くまでが、文字通り把握できた。夏用の薄手のブラウスは、白いインナー越しでも、皮下脂肪のない少女の背中の感触を生々しく伝えてくる。大人の女性なら当然あるはずのブラジャーのバックストラップの手触りはない。

「亜弥ちゃん、ちょっといいかい」

「え？　あっ……！」

危険と知りつつ、俊介は手を下げ、チェックのスカートに包まれたお尻に手をやった。お尻もやはり小さく、二つのお肉をギリギリ一度につかめるほどのサイズだ。

「亜弥ちゃん、いまどんな気持ちだい？」

「……恥ずかしいです。すごく……」

狭くて静かな室内でなければ聞き取れないほど小さい声だった。

「亜弥ちゃんがやりたいって言ったことは、もっと恥ずかしいんだよ。二人とも、服を脱いで抱き合うんだから」

うつむいたまま黙っていた亜弥は、驚いたことに「くふ」と笑い声を漏らした。

「ちょっと、うれしかった。亜弥ちゃん、って呼んでくれて」

「……………」

心の形成を立て直すのに二秒ほど必要だった。小さく咳払いし、

「怖かっただろう？　もうやめとこうね。エッチなことしてごめんよ」

「あ、待って」

抱擁を解こうとした俊介を、亜弥は強く抱きとめた。

「あの、じゃあ……もう一回、キス、してくれませんか？」

俊介は息をのんだ。丸みの残る手で亜弥は懸命に俊介にしがみついていた。この機会を逃がさない、という意思が伝わってくる。

「さっきのは……唇がぶつかっただけだよ。忘れてほしいな」

「忘れません。大切な体験です。うふふ」

亜弥はまた俊介を遮り、早口で言った。そして親を見上げるように顔を上げ、

「工藤さん、この小学校のボランティアに来たの、三カ月ぐらい前ですよね？　わたし、そのころからずっと気になってたんです」

頻繁に図書室で自習している亜弥には、俊介も気づいていた。本から目を上げるとき、よく目が合うとは思っていたが……。

「僕は二十四歳だよ？　亜弥ちゃんの倍だ。こんなオジサンでもいいのかな」

見上げた亜弥の顔に安心するような笑みが浮かんだ。大きな目を細め、なにも警戒

していない子供らしい笑みだった。

吸い寄せられるように俊介は顔を落とし、唇を丸めた。身長がちがいすぎるために、膝を少し曲げなければならなかった。

「ん……」

小さくてあたたかい唇に触れた瞬間、亜弥はごく短い喉声をあげた。

唇を重ねたまま、俊介は亜弥の頭に手をやり、ストレートの黒髪をそっと撫でた。

「ああ、工藤さん……」

寝言のようにふんわりした口調で亜弥は言った。

(まだランドセル背負ってる子と、キスをした……)

理香に続いて二人目だ。穢《けが》れのない小さな美少女の顔を斜め上から見おろしながら、俊介は言いようのない罪悪感を覚えていた。

そのとき、控室の外から足音が聞こえた。

「工藤さん、新しい本が届いたんですよね。手伝いますよ」

扉が開く寸前に、俊介と亜弥は身体を離した。

入ってきたのは新卒の男性教諭だった。張り切っていて児童たちにも人気があり、ボランティア要員にも親切な青年だ。笠井《かさい》先生といったか。

「ありゃりゃ？　児童がここに入っちゃいけないよ」

「すみません。僕が入れました。ちょっと手伝っててもらって」

「そうなの？　まあ社会勉強だ。いっしょにやろう。ただしバイト代は出ないぞ」

二人は笠井教諭とともに、なにごともなかったかのように書庫整理を続けた。

「ありがとうございました。先生に手伝わせて申し訳ない」

整理が終わると、笠井はさわやかすぎる笑顔で「じゃっ」と去っていった。

「危なかったですね」

亜弥が大きな瞳でイタズラっぽい笑みを向けてきた。

「さあ、そろそろ受付に戻らないと。亜弥ちゃんも勉強があるだろ」

「あ、その前に言っておかないと」

亜弥は俊介の袖をつかんだ。

「わたし、明後日引っ越しするんです」

意外な告白に俊介は驚いた。なぜそれを自分に言うのかに疑問も感じた。

「おや、それは寂しいな。遠くへ行くの？」

「遠くじゃないです。すぐ近く。学校も変わらないしお友達もそのままです。ただお引越しの準備があるから、明日と明後日、ここに来られないの」

いかにも寂しそうに亜弥はうつむいた。

「引っ越しは大変だけど、なにも失わなくて済むんだろ？」

「だって、明日も工藤さんが来る日なのに」

顔を上げ、責めるような口調で言った。俊介が小学校にボランティアにくる曜日を知っているのだ。

「そりゃ……えらく好かれたもんだな」

「もう悔しくって寂しくって」

亜弥は幼児のように地団太を踏んだ。理知的な美少女なのに、こんな仕草も似合っていてかわいらしい。

「四日後にはまたここの受付に来るよ。それよりちゃんとお父さんとお母さんを手伝うんだよ」

「……お父さんはいないの」

これは悪いことを言った。俊介は「ごめん」ともごもごと口にする。

「ねえ、もう一度抱っこしてください」

「……こらこら」

ゆっくりと少女を抱きしめる。

「キスもして」

白い顔を上げ、まぶしそうに目を閉じて、唇をすぼませる。

俊介はまた膝を折り、唇を軽く重ねた。

「あの……俊介さん、って呼んでもいいですか？」

唇を離すと、亜弥はおずおずと訊いてきた。

「いいよ」

一抹の不安を感じつつ、俊介は答えた。

「うふふ、こんどはお尻を触ってこないのね」

「あれは、亜弥ちゃんに恥ずかしいことだって教えるためだよ」

正当な理由のつもりなのに、口に出してみるとえらくこじつけくさかった。

「ちょっとずつ練習して、俊介さんと……うふふ」


この世に偶然はない。

大学時代、社会学の教授が「個人的な意見だが」と断って述べたこの考えに、俊介は賛同していた。

この世に偶然などはなく、全てがなんらかの必然性がある。偶然のように見えても、本人が知覚できないレベルで必ず因果関係があるのだ。そして人生には、奇妙な偶然が重なったとしか思えない不思議な出会いや出来事が何度かある……。

その日はまさに、そんな不思議な偶然が重なった日だった。

（こんな時期に引っ越しラッシュなのかな）

小学校での図書ボランティアを終え、マンションのエレベーターに乗りながら俊介は思った。

マンションのエントランスの告知板に、二日後に引っ越し業者が出入りする、と張り紙があったのだ。俊介の部屋のすぐ隣だった。

（理香が隣に押しかけてきたりして）

あまりシャレにならない想像をして俊介はかすかに苦笑いを浮かべた。同じマンションだが俊介は三階、牧村理香は六階だった。

エレベーターを降りると、まさにその隣の部屋から出てきた女性と目が合った。

ぎこちない双方の会釈のあと、

「あの、この部屋番号の方ですか？」

三十代後半ぐらいの美しい女性がおずおずと尋ねた。

「そうです。工藤といいます。明後日ここに引っ越しされてくる方ですね？」

オレンジのシャツに白いパンツ姿の女性は、上品なたたずまいを漂わせた常識人のようだ。マンションに限らず、近隣住人の気質は生活上のストレスに大きく左右する。俊介は内心で少しホッとしていた。

横長の眼鏡をかけた女性も俊介と同じように緊張していた。美人なのだが、どこか生活の気苦労がにじみ出ていた。

「髙田といいます。お引越しのあいだ、バタバタとご迷惑をかけますがよろしくお願いします。ご挨拶はまたあらためて」

女性は両手をそろえて丁寧にお辞儀した。

たかだ？　きわめて近い過去にその苗字を耳にしたような気がしたが、ありふれた名前なので俊介の疑問はすぐに頭を去った。

階段をパタパタと昇る音が聞こえた。ステップの軽さから子供だとわかる。

「ママ、さっきガス屋さんから電話があったよ」

「あら亜弥、着替えもしないで。ほら、ご挨拶なさい。新しい家のお隣の方よ」

現れた少女を見て、俊介は目を見張った。少女も同じだった。

「えっ、俊介さ……工藤さん？」

「亜弥ちゃん？」

一時間ほど前、図書控室でキスをした、髙田亜弥だったのだ。

「あら、うちの子とお知り合いだったんですか？」

母親はテニスの試合を見るように、交互に顔を見た。

「えーっ、お隣が工藤さんだったんですか？」

亜弥は両手を組み合わせ、十センチほど本当に飛び上がって喜んだ。

戸惑っている母親に、テンション高く亜弥は説明した。

「まあ、学校関係の方なら安心だわ。亜弥の母親の髙田佳江《よしえ》です。どうぞよろしくお願いします」

ご挨拶はあらためて、と言ったのに、母親はまた深々と頭を下げた。お隣さんとしてではなく、学校関係者としての挨拶のつもりなのだろう。

「……ちょっと訳があって、ここに来るのは私たち二人だけなんです。うちの子、大人の男性の愛情に飢えているところがあって……」

母親が言い訳っぽく説明すると、亜弥が「ママ！」と牽制した。

だがそこに、いきなりもう一人現れた。姿よりも先に声が飛んできた。

「俊介！　ママとアップルパイ焼いたから、あんたにもおすそ分け持ってきた！」

両手で皿を持った理香が来たのだ。

「あれ、髙田？」

「え、牧村さん？」

牧村理香と髙田亜弥は、小学校の同じクラスだったのだ。

第二章　スク水少女のペニス弄り

「お断りします」

頭を下げてきた男性教諭に、俊介はきっぱりと言った。

「お願いします。規則で必ず二人いなきゃいけないんです。担当の先生が急なご病気で、僕一人しかいなくて……」

懇願しているのは、きのう図書室で納品を手伝ってくれた新人の笠井教諭だった。

「だめでしょう。僕は図書ボランティアとして採用されているんです。プール開放の監視員なんて。なにかあったら責任はどうするつもりですか」

夏休みのあいだ、小学校のプールは時間を割って児童たちに開放している。

危険防止のために常時二名体制で、教員たちが監視員をやっていた。

その一人が急に来られなくなったというのだ。

「責任は全て教員の僕にあります。万一事故があっても、工藤さんにご迷惑をかけません。なんとかお願いします！」

笠井先生は腰を折り、深く頭を下げた。

「図書室のほうはどうするんです？」

「じつは代わりの保護者の方に来てもらうように連絡を入れておきました。工藤さんと曜日違いで図書をお願いしている方です」

ちゃっかりしている。営業でもモノになりそうな青年だ。

「わかりました。念書を書いてほしいところだが……プール開放が始まりますね」

午前九時前。プール開放の最初のグループ、低学年がやってくる。

「水泳の指導なんてできませんよ」

「授業じゃないのでその必要はありません。児童たちが悪ふざけをしたら注意してほしいんです。あとは低学年の子が万一溺れそうになったときに……」

笠井はチラと俊介の服装を見た。シャツにチノパンの軽装だ。

「わかってますよ。そのときは身を捨てて水に飛び込みます」

笠井教諭は目に見えて安心していた。気のいい青年なのだろう。

笠井がプールの水温を確認し、シャワーの栓をひねると、小学生の低学年の子たちが黄色い声でなだれ込んできた。

「こらこら、走るんじゃない。危ないぞ」

口に出して注意することなどほとんどないと思っていたのに、始まって一秒後には言葉を飛ばしていた。

冷たいシャワーをくぐり、整列して準備体操、そのあとは児童たちは公営プールと同じように自由に遊ぶ。

「水位の関係で低学年の子には特に注意してください」

笠井先生からそう言われ、俊介も気をつけて監視した。

「あっ、図書室のおっちゃんだ！」

元気いっぱいの男子児童が水の中から俊介を指差した。

「おっちゃんじゃない。お兄さんだ」

笑いながら注意する俊介にもその児童に見覚えがあった。つい最近、図書室に昆虫図鑑を借りにきた男の子だった。

一時間で終了すると、低学年の児童たちは無事に水から上がっていった。

「十分後に高学年の子たちが来ます。たまにですが悪ふざけをすることがあるので気をつけてください。犬神家《いぬがみけ》とか」

「犬神家？」

俊介が生まれる前の日本映画で、それ以来プールで同じポーズをする若者が増えたという。プールで逆立ちして、広げた両足を水面に突き出す仕草だ。なぜかいまの小学生もそのポーズと「犬神家」という言葉は知っており、危険なので注意することがあるという。

「あれっ、俊介じゃない。どうしてここにいるの？」

水の中から聞きなれた理香の声がした。

「今日だけプール開放の監視員なんだ」

最初にプールになだれ込んだとき、水にばかり意識が向いて俊介に気づかなかったらしい。

「へえ！ ずっと監視員しててよ。図書室なんかにいないで」

プールの底でカエルのように足をピョンピョンさせながら嬉しそうに言う。

理香の周囲の女児たちは、ときおり図書室で見かける男性を理香が親しく呼び捨てにしていることに目を丸くしていた。

「理香、この人と知り合いなの？」

「うん。あたしの子分なんだ。ね、俊介？」

「さようでございます。お嬢様」

片手を胸に当て、しゃっちょこばった口上で言うと、周りの友達は面白いぐらい驚いていた。

「退屈でしょ？　いっしょに泳ごうよ」

「無茶いうな」

俊介はふと思いつき、理香に向かって、

「なあ、僕の隣に引っ越してきた子、髙田さん、だっけ。あの子はプール開放には来ないのかい？」

いつも図書室にいることには触れず、とぼけた口調で訊いてみた。

「髙田？　ときどき来るよ。だいたい図書室みたいだけど」

理香はさほど関心なさそうに言った。

理香と数人の友達はしばらく俊介の近くにいたが、すぐに自分たちの遊びに夢中になった。理香にしても、遊びに参加できない俊介は利用価値が低いのだ。

(それにしても、さっきの子たちと比べて、高学年の子はやっぱり大きいなあ)

当然だが、一年生の児童は、去年まで幼稚園に通っていた子たちで、いまの六年生の子は、来年は中学生になるのだ。身長や体格の差は大きい。

（あの子なんてすごく胸が大きい……ゼッケンが邪魔なぐらいだ）

スクール水着が不自然なほど巨乳の子や、高身長でむやみとスタイルのいい子、また は寸胴の子、男児でも、ムキムキの筋肉体形になりつつある児童もいる。

児童たちの歓声にもちがいがあった。声変わりしている男児が多く、低学年のときよりも野卑《やひ》な感じがしたのだ。

一時間がすぎ、笠井教諭がホイッスルを鳴らして終了を告げる。

「俊介、またねー」

理香が手を振って俊介のわきを通り過ぎた。教師ではないが指導の側にいる人間を呼び捨てしていることに、小学生らしい優越感を覚えているようだ。

「工藤さん、ありがとうございました。あと掃除と点検は僕がやっておきます。図書室は代わりの人が来てくれてるので、今日はもう帰っていただいてかまいません」

笠井教諭がニコニコしながら礼を言った。

プールを降り、一階の廊下を通って正門に向かう。途中の空き教室が、プール開放の際の更衣室代わりになっていた。

「あれ、理香？　なにしてんだ、着替えもせずに」

教室の扉の前で、理香と数人の友達が深刻な表情をしていた。ほとんどの子が着替えを終えているのに、理香だけが水着のままだった。

「ズボラするからだよ。私の家に来る？」

着替えを終えた友達の一人に言われた理香は、「ごめーん」とうなだれた。

「どうしたんだ？」

声を聞いて振り返った理香の顔が、パッと輝いた。

「ありがと。やっぱりいいわ。俊介のところに行くから！」

救いの手を差し伸べてくれた少女に短く礼を言い、俊介と交互に見た。

理香を囲んでいた少女たちはプールでの一群だった。彼女たちの顔に、この人と理香、どういう関係なの？という不信感が浮かんだ。

「理香ちゃんのお父さんと僕は同じ会社なんだ。家も近くでよく知ってるんだよ」

言い訳くさく説明した。

「そー。あたしのパパと俊介、すごい仲良しなんだ」

理香の言葉で納得したらしい。成人男性だけの言い分では、一抹の怪しさが残ったのだろう。

「で、どうしたんだよ？」

「あたし、家の鍵を持ってくるのを忘れたの。帰れないのよ」

「しかも水着のまま家を出たんだって。濡れた水着のまま、家の人が帰ってくるまで家の前で待ってなきゃいけないわけ」

自分の家に来るかと助け船を出してくれた女児が理香を責める。

「しようがないな……まず理香のパパに電話するよ。勝手に僕の家に入れちゃ、ちょっと問題だからな」

携帯を取り出し、勝手知った社長の番号を押した。

「はい……そういうわけで、理香ちゃんを僕の家に連れていきます。いえ、急がなくても、なんとか間を持たせますから」

電話を切り、心配していた友達の女児たちが帰っていくと、

「じゃあ車で帰ろうか」

「車で来たの？」

「このあと、不動産関係の仕事で税理士さんに会う約束なんだ。このまま車で行くつもりだったんだよ」

「……ごめん」

さしもの理香も申し訳なさそうに視線を落とし、小さくつぶやいた。

「あの、シート濡らしちゃうかも」

「いいよ。仕方ないだろ」

当然のように理香は助手席に乗った。社長の家族と遠出をするとき、荷物が多くて二台の車で出掛けたことがあったが、理香はいつも俊介の車に乗っていた。

理香は持っていたバスタオルをお尻の下に敷いたが、むろんそれも濡れている。

「水着で家から学校まで行ってるのか？」

「うん、近いし。プール開放のときは自転車で学校に行ってもいいから、五分で着いちゃうもの」

「そんなこと、友達もしてるのか？」

「ううん。あたしだけ。えへへ」

「えへへじゃない。危ないじゃないか。どんな人が見てるかわからないし、もしも事故にあったとき、露出が多いとケガも大きくなるぞ」

「でも……」

「だめ。禁止！」

「あたしに命令するの？」

「そう。学校関係者として命令します。水着通学は禁止。だいたいいまは個人情報がうるさいのに、『6－3　牧村』なんて危険すぎるだろ」

「……わかりました」

肩をすくめて頭を下げた。俊介がちょっと本気なのを察したのだ。

マンションの車庫に車を入れ、自分の部屋に向かう。

「まったく。独り暮らしの部屋に、水着の女の子と入ったら誰が見ても怪しいだろ」

「んふふ、あたしは別にいいけど」

理香はすでに彼女らしい笑みを取り戻していた。

生乾きの髪と水着から塩素の匂いが漂っている。体温でプールの水分が蒸発しているのだ。

「俊介、麦茶もらっていい？」

言いながら理香はキッチンの冷蔵庫に向かっていた。質問のかたちだが是非の回答には興味がないのだ。

「この家で水着の小学生がウロチョロするのは初めてだよ」

性的な魅力など脱色されたスクール水着だが、泳ぎやすいように股間の切れ込みがあるため、脚の長さがはっきりわかる。

「理香、脚が長いなあ」

理香は水着のまま顔を上げ、麦茶を飲んでいる。水泳のあとは喉が渇くものだ。喉を通るンクンクという音がどこか幼かった。

「でしょ。スーパー銭湯に行ったとき、知らないお婆さんが『脚長いねえ』って言ってたもん」

コップをテーブルに置き、んふふ、と笑いながら理香は近づいてきた。

「俊介、抱っこぉ……」

満面に笑みを浮かべ、両手を広げてゆっくり抱きついてきた。

「してくるだろうと思った」

不安はあったが、予想していたので驚きは正直小さい。

「俊介の家に二人だけって初めてね。んふ、来たかったんだけどチャンスがなかったの。ママがうるさいし」

けっこうな小悪魔ぶりだ。スクール水着はほとんど乾いていた。肌に密着しているぶん、先日のキャンプのときよりもはっきりと体形が手のひらに伝わってくる。

「俊介、キスして」

「……それも言うだろうと思った」

笑みを消し、目を閉じた理香の唇に、そっと自分の唇を重ねた。上背のない小学生なので、やはり自分が少し膝を曲げなければならなかった。

（性格はちがうけど、背格好はやっぱり亜弥ちゃんと似てる……）

少女とキスをしながら別の少女のことを考える。そんな自分の不誠実さに内心で苦笑が漏れた。

「俊介、もっとギュッって抱っこして」

自分も強く抱きつき、聞いたことのない切ない声音で理香は言った。

「おいおい犯罪だよ……」

言いながら俊介はスクール水着越しに理香を強く抱いた。ウェストまで手を伸ばすと、華奢さをいやでも実感する。力を込めれば容易に折れてしまいそうだ。

見おろすとウェストの向こうに、お尻の丸い山があった。

（お尻もすごく小さい……スタイルはいいのに）

身体のラインは清涼飲料水のガラス瓶のようにアクセントがついているが、全体的に小ぶりなので、ふんわりしているお尻も触れてみると小さかったのだ。

「やん……俊介がお尻を触ってる」

「まだ触ってないだろ」

慌てて言うと、

「んふふ、『まだ』だって。俊介のえっち！　俊介が上から覗いてる視線をお尻が感じたんだもん」

「………」

小学生に手玉に取られた格好だ。お尻が視線を感じるとはたいした感覚だ。ウェストのくぼみに当てた手を、お尻に下げた。本音を見透かされた気がして、少し開き直った気分になったのだ。

「お尻、硬くて小さいな。ほら、僕の手で二つともつかめちゃうぞ」

「うにゅー」

意味不明の発声は理香の照れ隠しの表れだ。

「恥ずかしいか？　手を離そうか」

「んー、いい。続けて」

不安そうな声なのに、どこか上司然とした口調がおかしい。

（お尻が硬いのは緊張してるからか？）

成人女性のお尻よりも明らかに硬い。脂肪の不充分な子供であることと、あとは水着のせいもあるかもしれない。

「理香、身体が冷えてるな。風邪をひくかもしれない。シャワーを浴びるか？」

不道徳な行動とは別に、児童を心配する大人の心情もあった。

「……俊介が脱がせて」

低くて平坦な声で理香はつぶやいた。

深みにハマるのを実感しつつ、俊介はスクール水着の肩ストラップに手をやった。

と、理香がふいに笑った。

「俊介、すごい怖い顔してる。なにドキドキしてんのよ。あたしまだ子供だよ?」

少女の言葉に肩の力が抜けた。

そうだ、相手は悪ふざけの好きなただの子供なのだ……。

「んふふ、ママに言ってやろ。俊介の家で服を脱がされたって」

「……おいおい」

「ウソ。言わないよ。んふふふ」

ちょっと小馬鹿にしたように小首をかしげて笑った。

肩ストラップを左右に開け、胸まで下ろした。

「なるほど、胸もまだ子供だな。男の子みたいだ」

「あー、なんか腹立つ」

そうではなかった。光の陰影がつかないとわかりにくいが、ほんのわずかに乳房はふくらんでいたのだ。乳首はほんのりと薄ピンクに色づき、輪郭も不確かな一円玉ほどの乳輪が隆起の兆しを見せている。

「男子の海パンとちがって女の子は面倒だよな」

じっと見つめるわけにもいかないので、さりげなく話を振ってスクール水着を下げていった。

「だよね。あたしも低学年のときは、女子も海パンでいいのにと思ってた」

「六年生のいまもそう思ってるんだよな」

「おバカ」

ウェストは水着のシルエット通りに細かった。第二性徴期に順当に身長が伸びれば、さぞスタイル抜群のお姉さんになるだろう。

(でも、お腹はちょっとぽっこりしてるな)

幼児のころの体形の名残だろうか。

「おへそも縦長だな。子供のくせに生意気だぞ」

ウェストから腰にかけて、水着を下ろすのに抵抗がかかった。お尻がふんわりとふくらんでいるからだ。

「えっと、あの……あとは自分で脱ごうかな」

ちょっと慌てたような、上擦った声で言った。

「子供だから気にしないんじゃないのか?」

笑みを浮かべ、とぼけた声で訊いた。

「うーん、そうなんだけど、やっぱり恥ずかしいかも……」

そう言われては仕方がない。

「じゃあ、あとのヌギヌギは任せた。お風呂場は――」

「知ってる。借りるね」

「なんで知ってるんだよ」

「おんなじ間取りじゃん」

水着を腰まで下ろした中途半端な格好で、理香はペタペタと軽い足音を立てて廊下を走っていった。

(着替えの服がないんだな。どうしよう……少しのあいだ僕のを着せるか)

そんなに嫌がりはしないだろう。だが下着はどうする?

浴室に行き、脱衣場から声を掛けた。

「理香、服はどうする? ここには女の子の服なんてないぞ。僕のを着るか」

「んふふ、コスプレ用のセーラー服とかないの?」

予期しない返答だったので驚いたが、もしかすると性的な意味を知らずに言ったのかもしれない。小学生でも「コスプレ」という言葉ぐらいは知っているだろう。

「エッチなやつならあるぞ。女王様とスケスケランジェリー」

「…………」

「ウソだよ。僕のを着るか？」

「うん」

小学生を相手に、してやった感の湧く自分が情けない。

「……下着はどうする？」

「それも貸してよ。ブリーフじゃなくてトランクスがいいな」

注文まで出されてしまった。「わかった」と俊介は答える。

「んふふ、お礼にあたしのパンツあげようか。何色がいい？」

「……白」

「わかった。んふ、俊介のえっち！」

強い敗北感にとらわれた。なぜ、白、などと即答してしまったのか。

「じゃあ充分あったまったら出るんだぞ」

なんとか大人の威厳を取り繕った。

「はーい」

俊介の足元でしわくちゃになっているスクール水着が目に入った。

なんとなく息を殺して手に取ってみた。

(水着にもクロッチなんてあるのか)

股間の裏側を見ると、白く縫いとられていた。女性用のパンティの裏側と同じだ。

顔を近づけて見てみると、かすかに褐色がかっていた。

(理香、無理して生理中にプールに入ったことがあるのかな? だめだぞ……)

野卑な発想を頭から振り払い、曇りガラスの浴室を見た。

ぼんやりした少女の裸像は、その特徴を逆によく表していた。

ロングの黒髪はアップにしているようだ。小さな肩から始まり、なめらかな曲線を描いて、胸とウェスト、お尻のふくらみから細くて長い脚へ。

だがアンバランスな箇所がひとつだけある。頭の大きさだ。

人間は頭でっかちで産まれてきて、徐々に下が成長してくる。遠目にシルエットだけ見ても、理香の頭の大きさは成人女性ではありえない対比だった。

(いっしょに入ってもいいか、なんて言ったらどういうだろう?)

驚くだろうが、理香は拒まないにちがいない……。

自分のシャツとチノパン、そしてトランクスを置いて、俊介はそっと浴室を出た。

「ありがとー、いいお湯だった」

浴室から出た理香は、白いバスタオルを身体に巻いていた。胸元を片手で押さえているのがセクシーだった。髪はタオルで上にまとめている。

「そんな恰好で出てくる奴があるか。着替えを置いといただろ」

「んふ、いいじゃん」

理香は上気した顔に、じつに彼女らしいイタズラっぽい笑みを浮かべて、俊介に近づいてきた。

「ねえ、あたしこのバスタオルの下は裸なんだよ。きゃー、俊介の家で裸になってるなんて！」

一人ではしゃいでいる。

だが理香はふと笑みを消し、バスタオルを巻いたまままさらに俊介に近寄った。

「さっきのことだけど……」

「さっきって？」

「あたしのアソコ……俊介とお布団の中なら、見られても大丈夫かな、って……」

見上げる理香に吸い寄せられるようにそっと抱きつき、唇を重ねた。

(このバスタオルの下は、裸……)

少女の言葉に暗示にかかるまでもなかった。身体を拭いて濡れたバスタオルは、その下の少女の肌の感触を生々しく伝えてきた。

(亜弥ちゃんと似てるけど、やっぱりちがう……理香のほうが少し体形がいいかな)

またそんなことを考えていた。

(チ×ポ、ギンギンになってる。小学生なのに……)

理香の肩を見た。肩幅の小ささに不安になりそうだった。痩せぎすというわけではないのに、骨ばっていて鎖骨のくぼみがある。ふんわりと皮下脂肪の感触はあるが、その下はすぐ骨のようだ。

「なあ、裸で布団に入るって、どういうことかわかってるのか?」

真意を測るために、直截的《ちよくせつてき》に訊いてみた。

「服を脱ぐのはあたしだけじゃないよ。俊介も」

二人とも裸で布団に入る、と言っているのだ。理香の望んでいることに疑問の余地はなかった。

「……こんなこと、理香のパパやママに知られたら、僕はクビじゃすまないんだぞ」

声をひそめて言った。なんとなく「する」前提で話していることに気づく。

(小学生相手に、まちがってもまちがいは犯せない……)

ダジャレには気づかず、俊介は自分を戒《いまし》めた。

(だけど、理香はあきらめないだろうな……)

理香の性格は知っている。社長である父親と同じく、しつこいのだ。ほんの少しだけ性的な接触をして、少女に納得させる以外に方法はないように思われた。この場を逃れても、折を見て俊介にアプローチしてくるにちがいない。それなら父親や母親のいないいまのほうが好都合ではないか……。

「理香のしたいこと、なんて言うか知ってるか?」

「……せっくす」

理香らしくない小さな声だった。言葉は知っていても、口に出すのはさすがに恥ずかしいのか。

「どうしてそれがしてみたいんだい?」

「だって……」

理香は口をつぐんだ。女の子にそんなことを訊くのは無粋の極みだが、いまは指導者の立ち位置でふるまえる。

「僕のことが好きだし、エッチなことに興味があるし、すごくいい気持になるらしいから。そんなところか？」

理香は顔を俊介の胸にうずめた。どんぴしゃりだろう。

俊介は理香の頭を優しく撫でた。

「どんなことをするのか、はっきり知ってるのか？」

「うん……いちおう」

「僕の大きくなったアレが、理香のアソコのずっと奥まで入っちゃうんだぞ」

「………」

図書室で亜弥が見ていた挿入図の断面を思い出した。

「怖いだろう？」

理香は返事の代わりに、さらに強く抱きついてきた。

俊介は慰めるように後頭部と黒髪をそっと撫でながら、

「でも、そこまでしなくても、すごくいい気持ちになれる方法はある。理香がエッチな子とかじゃなくて、人間はそんなふうにできてるんだ」

理香はゆるゆると顔を上げた。大きな瞳で救いを求めるように見上げてくる。

「ちょっといいかい？」

ヒソヒソ話をするように、俊介は顔を理香の耳元に近づけた。

「あ……」

理香の耳に唇を軽く触れさせると、理香は顎を出し、喉の奥から短い声をあげた。

舌をくねらせ、きわめてデリケートな動きで、複雑な耳の造形を舐め回す。

「はんっ、くす……くすぐったい……」

理香は高くて小さな声を漏らした。

(理香、やっぱり顔の形はいいんだけど、すごく小さいな……)

「ああ、いや……なんか、ゾクゾクしちゃう……」

理香は眉根を寄せ、肩をすくめながら、俊介の耳から逃れようとあいまいに顔を動かした。俊介の舌は這うようにして、優しく意地悪く理香の耳をゆっくりと責める。

「ほら、耳だけでも、すごくヘンな気分になっちゃうだろ?」

耳元で囁くように言った。理香は返事をしない。

「でもこんなのはただの始まりなんだ。もう少し進めたら、子供の理香が耐えられないような刺激になってくる」

牽制のつもりで言ったつもりだが、期待を煽《あお》るだけになっている。自分自身の欲望の表れかもしれなかった。

「……ちょっと試してみたいな」

期待と不安をわかりやすく浮かべて、理香は言った。

「恥ずかしいかもだぞ？」

「ん……がんばってみる」

脇から巻いたバスタオルを、俊介は両手で軽くつかんだ。

「ちょっとずらすぞ」

下向きに力を入れた。理香は挟んでいる脇の力を緩めた。バスタオルをおへその下あたりで軽く巻き直す。

ふくらみのほぼない胸が現れても、理香はさほど動揺していないようだ。

「びっくりして悲鳴あげるなよ」

乳房に顔を寄せると、おどけた口調で忠告した。

理香は目を閉じ、肩をすくめて固まっている。小さな身体の全部から緊張が伝わってきた。

小さく舌を出し、乳首の先にそっと触れさせた。

「ああっ！　はああっ……いやっ……」

顎を引き、肩を強くすくめた。触れられる面積を少しでも小さくしようとしているかのようだ。

(おっぱい、ちょっとふくらんだみたいだ……?)

背を丸めたために、いくぶん乳房に肉が寄ったのだ。

鳥肌を立たせたらしく、なめらかだった乳房がふいにザラついた。

「理香、サブイボが立ってるぞ」

「……サブイボって言うな」

即座にツッコミが入るところは理香らしい。

不充分なふくらみを舐め回しても面積は知れている。もう一方の乳房も同じように
すると、理香は小さな肩をブルブルッと震わせた。

「どうだ? すごくヘンな気分だろ」

「うん……なんか痛いみたい」

「痛い?」

「そこの先っぽが……」

乳首は少し硬くなっていた。未発達ながら勃起していたのだ。経験のない乳首への
充血に、痛みに似た感覚を覚えているのか。

「あん……俊介の舌が、すごくいやらしい。チロチロって動いてる」

なんとか笑おうとしている口調だった。勇気を出して目を開き、見おろしていたの

か。さぞ俊介の動きが変態的に見えるだろう。

「舌はこんなふうに使うもんだよ。『舌』って漢字は知ってるだろ？」

「……知ってるけど？」

「二つ並べて書いてみな。舌舌って」

理香は中空に指で字を書いた。

「……ホントだ。チロチロになる……」

不安を全身から放ちつつ、納得しているところがおかしい。

「どうする？　このへんでやめておくか」

俊介は腰に巻いたバスタオルに手をかけながら訊いた。判断を子供にゆだねるところがズルい大人だと思った。

理香は顔をうつむかせたまま、ゆっくり呼吸していた。

「あの、アソコも……舐めちゃうってこと、だよね……？」

「そうだけど」

深刻さを込めず、意識して軽く言った。

「ちょっとだけなら……」

おずおずと決意したらしい。

俊介はバスタオルの結び目をほどき、ゆっくりとはずしていった。片膝を床につけてしゃがむ。

理香は俊介の顔からできるだけ遠ざけるように、身体をくの字に折った。

「ほら、それじゃ舐められないよ。腰を前に突き出して」

優しく言う。理香は腰を前に出す代わりに、両手で股間を覆った。わかりやすい恥じらいのポーズは、堂々と突き出されるよりもいやらしく見えた。

俊介は性器を隠す理香の手に自分の手を重ねながら、

「やっぱりやめとくか？　恥ずかしすぎるよな」

「…………」

「でも、もう少しお姉さんになってから初体験するにしても、どっちみちいまみたいに恥ずかしいと思うけど」

この選択肢の与え方が卑劣だと、自分で思う。

ほんの少し、理香の手に重ねた自分の手に力を入れた。

理香の小さな手は力なく下がっていった。

現れた理香の性器。

全体の小ささを気にしなければ、ウェストの細さと腰のふくらみは美しい女性のラインを描いているのに、性器がまったくの無毛なのはやはり異様に見えた。犯罪に手を染めつつあるのを強く思う。

「恥ずかしい……」

きれいなYの字に、真ん中にペンで描いたような一本のスジが刻まれていた。大陰唇は肌と同じく真っ白で、目を凝らしても毛穴すらない。

「もう少し、前に出して。舐めるよ……」

少女の性器に顔を寄せ、舌を出した。時間をかけてスジを下から舐め上げると、

「んんっ！　いやっ……」

理香は軽く握ったこぶしを口に当てていた。

溝を抉《えぐ》るように、舌で縦スジを上下に舐める。

「あんっ、いやっ、なんか……」

理香が意味不明の短い言葉を高い声でつぶやいた。

「どうだい？　信じられないぐらいくすぐったいだろう」

気持ちいいだろう、とは言わない。子供のプライドを尊重したつもりだった。

理香は答えなかった。静かに息が乱れているのが頭の上から伝わってくる。

「理香、ちょっとだけ、脚を開いてくれるかな」

やはり返事をしなかったが、理香はけだるい動きで脚を開いてくれた。肩幅より少し広いぐらいか。

一本の線だった性器がわずかに開いた。左右に輪ゴムのような小陰唇が現れ、濃ピンクの内奥が少し覗いた。

(毛がないから、すごくよくわかる……)

舌に唾液を満たし、スジの周囲も大きく舐め上げた。恥毛の生える兆しすらない大陰唇は、プリンをそっと舐めるように艶やかだった。

「あん……ヘンな気分になっちゃう……」

泣きそうな声で理香が言った。責めるようなニュアンスもこもっている。こんな声が出るのはあんたのせいよ、と言いたげだ。

(理香のアソコ、濡れてる……)

陰唇を見ると、ゆるい粘度のある透明な蜜でフタがされていた。

あらためて陰唇を舐め上げ、少女の恥蜜を吸った。ジュルジュルという音が我ながらいやらしい。

「くすぐったすぎて、身体がおかしくなっちゃいそうだろ?」

「うん……」

不安そうな声だが即答だった。

開きかけた陰唇の上を見ると、いくぶん複雑な形をしていた。小さな突起が袋に包まれているような形だ。

(これ、理香のクリトリス……)

子供にもそんなものがあるのかと、愚かにも驚いてしまった。

舌を細く突き出し、包皮の頂点を軽くつつくと、

「ああっ！　そこっ、ダメッ……！」

理香が声をあげ、腰を引いた。バランスを崩しそうになったのを、俊介は理香のお尻に手を回して支えた。

「おっと！　びっくりしたのかな。もうちょっと我慢してごらん」

「…………」

クリトリスは男性の亀頭に当たる。女性にとっても、身体の中でもっとも鋭敏なところだ。肉体の一部が初めて覚える感覚に、十二歳の身体自体が戸惑っているのだ。

(お尻が小さい……)

両手で後ろから支えたお尻の小ささにあらためて驚いた。左右のお尻のふくらみが、指を大きく広げなくても軽く包めてしまう……。

お尻を押さえながら、理香の股間を自分の顔に押し付けた。

(ヌルヌルが、いっぱい出てくる……小学生でも、やっぱり女性なんだ)

あきらかに自分の唾液ではない蜜が、大陰唇と唇を濡らしていた。

「あん、そこ……ダメ……」

女性がベッドの上でしか聞かないトーンで理香がつぶやいている。

小さな両手で頭をつかまれた。引き離されるかと思ったがそうではなかった。

さらに自分の股間に強く押し付けていたのだ。

「んん……あっ！　ああんっ……しゅんすけぇ……」

泣き出す直前の子供のような声を出している。

(声が、近い)

女性を立たせたままクンニリングスをした経験はあった。しかし決定的にちがう点が二つある。背が低いので声が近くから聞こえることと、声変わりがなくても、声圧がないのではっきりと子供の声だとわかることだ。

丸めた唇を陰唇全体に当て、強く吸って淫蜜を舐め下した。そして尖らせた舌をクリトリスに当てて、思いっきり突いた。

「ああっ、いやあっ……！」

理香が大きな声をあげ、全身をブルブルと震わせた。そして両膝から崩折れた。

「おっと！」

危ういところで俊介が膝を上げ、抱きとめた。

理香は小さく息を乱したまま、俊介に力なく抱きついている。

「予想以上だったろ？」

フォローするような口調で、俊介が笑いをにじませて言った。少女の黒髪をそっと撫でてやる。

「ん……すごかった」

俊介の胸に顔をうずめたまま、理香は不明瞭に言った。

俊介はささやかな征服感とともに、理香も満足して（そして自分にはまだ早いと判断して）このへんであきらめてくれるだろうと思った。

「んおおっ？」

間の抜けた悲鳴をあげたのは俊介だった。ふいにズボンの上からペニスをつかまれたのだ。予期せぬ感覚だったのでほとんど飛び上がっていた。

「んふ……俊介のココも、すごくビンカンなんだよね？」

不意打ちをしてくるところ、さすがは理香というべきか。

「ねえ、もし俊介と……せっくす、するときは、これがこのままあたしの中に入るんだよね？」

セックスという言葉だけやはり小さい。小学生なりにタブー感はあるらしい。

「ん、そうだな……」

小さな手でペニスをヤワヤワとつまれ、腹に無駄な力を込めて声を出した。

「どんなのか、見てみたい」

聞かせる気がないような小さな声だった。

「見たらビックリしてショックを受けるかもしれないぞ？」

「んふふ、興味シンシンシン」

シンが一回多い、などと軽くツッコむ余裕はなかった。今度は立っている俊介の前で理香がしゃがんだのだ。

「ファスナー、下ろしていい？」

言いながらすでに指でファスナーをつまみ、下ろしはじめている。

「……誰かにファスナーを下ろされるのは初めてだよ」

性体験はそれなりにあるが、これはさりげなく初体験だった。ファスナーを下ろすときのごく軽い振動でヘンにドキドキしてしまう。

「んー、あとは怖い。俊介が自分で出して」

理香は離した両手をさっと後ろに回した。こんな仕草は子供らしいのだが……。

トイレで小用を足すときのように、開いたファスナーに手を入れた。

「なんかやりにくそう。男の人って、トイレでいつもそんなに手間取ってるの？」

「……いまカチンカチンに大きくなってるからだよ。トイレにいくとき大きくなってるわけないだろ」

そっか、と小声で理香は納得していた。じっさい勃起ペニスをファスナーの隙間から出すのは難しかった。いくぶんへっぴり腰になる。美しい女子小学生が瞳を輝かせて見つめていると思うと、最高にバツが悪かった。

「うわ……こんなに大きいんだ……」

理香は両手を口に当て、本気で驚いていた。見慣れた笑みが消えている。

ズボンから出たペニスは完全勃起を果たし、上を向いていた。

「俊介、お股にこんなすごいもの挟んでたの……」

吹き出しそうになったが、笑うのを許してくれない雰囲気だった。

理香は言葉も失くし、大きな瞳でじっと見つめていた。

「セックスするとなると、こいつが根っこまで理香の中に入るんだ。とても耐えられないだろ?」

「うん……あ、でも……どうだろう」

否定しかけてから、是非の回答を慎重に避けた。負けず嫌いの性格が出ている。

理香はふと思いついたように、いつもの笑みを取り戻した。

「ねえ、俊介のコレも、すごく気持ちよくなるんでしょ?」

人差し指で不躾《ぶしつけ》にペニスを指差しながら訊く。

「ああ、そうだな」

「んふ、あたしが触っても?」

「お、触る勇気があるかな?」

理香はおそるおそる小さな手をペニスに近づけた。

「きゃっ!」

触れる寸前、ペニスの根元に力を入れ、ブンッ、と振り上げた。

「へえ、そんなことができるんだ。男の人って不思議……」

理香は学校の成績もいいと聞いていた。一度学んだことはもう恐れない。好奇心むき出しの笑みを浮かべて、両手でペニスに触れてきた。

「んあっ……理香」

「わあ、すごく熱い……それに、硬い。なんか、骨が入ってるみたい」

へえ、ふうん、子供らしい感嘆の言葉を漏らしつつ、理香は大人の男性の勃起ペニスの感触を確かめた。

「ね、もっと近くで見ていい？」

「いいよ」

「さっきみたいに振り上げたらイヤだよ」

膝歩きで一歩前に進み、顔をペニスに寄せた。

上を向こうとするペニスを倒し、前や横、裏側を観察していた。

「これ、男の人はどうやったら気持ちよくなるの？」

「……たとえば、ギュッと握って上下にこすったりしてくれたら、すごく気持ちよくなる……」

男性のオナニーの動きだと言えば早いが、さすがに照れくさい。

「うえぇ……硬いけど、グニグニしてる……」

小さな手で、あんがい強く握ってくれた。触感を確かめているのか。

「自転車のグリップみたい」

独り言のように感想を言ってから、一人でにんまり笑った。

「んふ、これから自転車に乗るたびに思い出しそう」

こうするのね、と理香は言われた通りに強く握ったまま前後に振ってきた。

「そう。あんまり根元に強く引っ張らないでくれ。ちょっと痛い」

「わかった……」

無意識に俊介は下腹に力を入れていた。

（すごく気持ちいい……ゾクゾクする）

この姿勢でのフェラチオも経験があった。しかし子供にしてもらっているという背徳感や罪悪感は強く、それが背筋が寒くなるほど強い性感となっていた。

「小刻みに動かしたり、リズムに強弱をつけたり」

「……難しいね」

男性の身勝手な注文に、理香は忠実に従ってくれた。

美人を予想させる白くて美しい手だったが、小さな爪と全体的な丸みはまだまだ小学生だった。その手でいきり立った男根を懸命に手コキしている。

（小さな頭、小さな肩……僕はこんな子供にこんなことをさせてるのか……）

黒髪の美少女の頭頂部は艶やかに光っていた。左右に出た白い肩はあまりにも小さい。男性的な満足感以外に、タブー感が頭を去らない。

「んん……んっ！　ふんっ……んんん」

押し殺そうとしても腹の底から声が出てしまう。じっさい理香の手コキはうまかった。小さくプニプニした手で懸命にこすってくれている。自分でも驚いたことに、射精の欲求が急速に高まっていた。

「んふふ、俊介、ヘンな声出してる」

「理香もそうだったぞ」

大人げない減らず口を、理香は完全にスルーした。

「理香、両手を使ってくれると……」

理香は膝を動かしてさらに半歩前に進んだ。両手でペニスをつかみ、それぞれ微妙にちがう動きを加えてくる。

「んあっ……理香、うまい……さすがベテランさんはちがうな」

「やぁだ、初めてだよ」

抗議の口調だが顔は笑っていた。褒められてまんざらでもないのか。

「これ、ほんとに大きくて硬いね。こんなのが……」

「自分に入ったときのことをイメトレしてるのか？」

理香は返事の代わりに小さくうなずいた。

「えっ！　これ、先っぽからなにか出てるよ？　もしかしてお漏らし？」

亀頭の先からカウパー液が玉のようににじみ出ていた。

「ちがう。潤滑油だよ。女の人に入ったときに、スムーズに動かせるように、エッチな気分になるとそれが出るんだ」

「へー、男の人って、エッチにできてるんだね」

「女の人もだぞ。理香だってそうだったじゃないか」

やはり返事はなかったが、ナルホドという表情が浮かんでいた。

「大切なことだからもう一度訊くけど、おしっこじゃないんだよね？」

「ちがう。男の人は大きくなるとおしっこは出せない。バルブが切り替わるんだ」

「ふうん」

つぶやいてからまっすぐペニスを見つめた。軽く喉を鳴らしたのか、コクッ、と小さな音がした。そしてふいに顔を上げ、

「ねえ、たとえばだけど、これって舐め舐めしたらもっと気持ちいいの？」

今度は俊介がすぐに返事ができなかった。フェラチオをしてくれるというのか？

小学生の女の子が？

「どうだと思う？　理香のときはどうだった？」

動揺を隠し、偽りの余裕の笑みを浮かべて訊き返した。

理香は上げた視線を落とすと、またペニスと向き合った。ペニスと相談しているかのようだ。

(理香が、この小さな口に僕のチ×ポを頬張ってくれるのか……？)

興奮で武者震いが起きた。だがペニスをつかんで真剣に考えている理香は気づかなかったようだ。

射精の予感が走っている。もしかしたら理香の口に出してしまうかもしれない。

(理香はそれも嫌がらないだろうな……)

小学校四年から知っている美少女が、自分のペニスを咥えて精液を受けてくれる。想像しただけで罰当たりで甘美な体験だ。

「じゃあ、ちょっとだけ、舐めてあげる」

「うん……」

かすれたような声しか出なかった。理香は俊介の緊張には気づいていないだろう。

まっすぐペニスと対峙し、小さく口を開けた。そして舌を出した。

猫のように三角に出した舌はやはり小さかった。

舌先に亀頭が触れる寸前、

ピンポーン、と呼び鈴が鳴った。

誰が何の目的で来たのか一瞬で察したらしい。

「ママだ！」

「俊介、それしまって玄関に出て！　あたし、脱衣場に行ってくる」

理香は大急ぎで再びバスタオルを身体に巻きつけ、脱衣場に走った。

俊介はトイレの小用のあとのようにペニスをズボンに入れると、慌てて玄関に向かった。

「俊介さん、すみません」

やってきたのは予想通り理香の母だった。ふくらんだトートバッグを持っていた。

「あの子ったら、いつも横着して、いつかこんなことになるんじゃないかと思ってたんです。います？　うちのおバカ」

「ママ、ごめんなさい」

理香がバスタオルを身体に巻いた姿で、いくぶんわざとらしく脱衣場から現れた。

「身体が冷えるからと思って、シャワーを浴びせてたんです」

「んふ、俊介さんの服を借りるつもりだったの」

言い訳くさい俊介の説明を、理香が補足した。

「女の子なんだから、そういうところ、もう少し気をつけなさい」

俊介の手前、あまりあからさまに怒れないようだ。

「てへ」

と口に出していい、本当に舌を出した。

「さあ、これに着替えてらっしゃい。あんたのスマホも持ってきたわよ」

トートバッグを受け取ると、理香はまた脱衣場に走った。

「ほんとにご迷惑をかけました」

神妙に頭を下げる母親に、俊介のほうがちょっと恐縮した。自分の勤める会社の社長夫人なのだ。

「いえいえ、どうせ僕は理香ちゃんの家来ですし」

母親は斜め下に向かって湿ったため息をついた。

「あの子、いつになったら女の子らしくなるのかしら。いまでも男の子に混じって、スカート穿いたままサッカーしてるんですよ」

責めるような口調になっている。

（いや、理香ちゃんは充分女の子を自覚してると思います……）

小さくない罪の意識とともに、俊介は心の中だけで説明した。

「また俊介さんにおバカなちょっかいを出したら、キツく叱ってくださいね」

蚊の鳴くような声で「はい」と答えた。

「あの子、俊介さんにショック療法されたら、少しは成長すると思うの」

「……………」

お見通しのうえで皮肉を言われているような気がしたが、むろんそんなはずはない。ショック療法とは俊介が怒鳴るなどのことを指しているのだろう。

「お待たせ！」

短い廊下なのに理香は走ってきた。オレンジのカットソーと、白いミニのティアードスカートで、動きやすそうな格好だ。母親が荷物にならないようとりあえず軽そうなものを選んだのだろう。

「ママ、サンダルは？」

「そこまで面倒みられますか。履いてたのがあるでしょう」

「えー、この服とビーチサンダル、合わない」

母親は手を振り上げてぶつフリをする。理香は肩をすくめるが顔は笑ったままだ。

「じゃあすみません。お世話をかけました」

「ありがと。バイバイ、俊介……さん！」

慌てて付け加え、二人は出ていった。

（どうするんだよ、これ……）

ズボンを見おろす。まだ半勃ちのままだった。射精の準備ができたところでおあずけを食ったかたちだ。拳銃なら撃鉄《げきてつ》を起こしたままの状態といえるか。

スマホが着信を知らせた。見ると理香からだった。母親と歩いて帰りながら文面を打ったのか。

〝ありがとう。ちょっと残念だったね（笑）。脱衣場に置いといたよ。ママの持ってきたやつ、俊介の注文通り白だった（笑）〟

脱衣場？　その足で廊下を歩いた。

肌着を入れる小さなチェストの上のバスタオルの上に、ハンカチのように小さくたたまれた白いものがあった。

（これ、理香のパンツ……？）

あたしのパンツあげるね、と言っていた。少女は約束を守ったのだ。

すぐにもう一便、短い文面が入った。

〝スースーする（笑）。ミニスカートだからドキドキ。ママもいるし（笑）〟

ノーパンでミニスカートでいることにスリルを楽しんでいるようだ。母親がそばにいることで、理香なりに背徳感を楽しんでいるのかもしれない。

白いパンツは几帳面に折りたたまれていた。コットン素材で、股繰りと腰回りにピンクの縁取りがある。申し訳程度の小さなフリルがいかにもティーン向けだった。

腰回りを指で四角く広げ、奥を覗き込んだ。クロッチの船底に、かすかだが黄色いシミがあった。穿き慣れたものらしい。

(どうしろってんだよ、コレ……)

また硬くなっていくペニスを意識しながら、俊介はちょっと途方に暮れた。

第三章　初めての幼いフェラチオ

「すみません！　今日一日、お騒がせします。よろしくお願いします」

小学校の図書室に向かうために玄関を開けると、引っ越し業者のリーダーらしい青年がさわやかに挨拶を飛ばしてきた。

「工藤さん、でしたね。おはようございます」

見ると髙田亜弥と母親の佳江もいた。

「しゅん……工藤さん、おはようございます。いまから学校？」

私服の亜弥を見るのは初めてだった。

ピンクのデザインTシャツに、白と黒のチェックのミニスカート。小学校の制服をキチンと着て姿勢よく本を読んでいる印象しかないので、こんなポップな服装も似合うのかと、ちょっと新鮮な驚きを覚えた。

「そうだよ。今日は夕方までなんだ。在庫のチェックがあってね。児童の少ない夏休みは却って忙しいんだ」

「えー、わたしも行きたかったなー」

俊介を見上げながら、黒目の大きな瞳を細めて笑っている。

「これからはお隣ですね。うふふ、うれしー！」

学校でないからか、母親といるからか、いつもの少ししゃっちょこばった物言いがなくなっている。

「亜弥、そこ引っ越しのお兄さんの邪魔よ」

亜弥は俊介に近寄り、声をひそめた。

「うふふ、つい俊介さん、って呼びそうになっちゃう」

母親と亜弥に見送られ、俊介はエレベーターに向かった。母親と亜弥と、なぜか引っ越しのお兄さんまで手を振ってくれた。

エレベーターもマンション入り口のエントランスも、引っ越しで傷つけないよう、ロゴマークの入った養生が完璧になされていた。

児童への貸し出し業務をこなしながら、返却期限の過ぎた児童の家に連絡を入れる。

いまは電話と保護者へのネット連絡が半々だった。

午後からは大量の本の在庫を分担して確認し、対応を練る。

指揮を執るのはあの新人教師の笠井教諭だった。

痛みの激しい本や貸し出し実績の極端に少ない本は処分対象となる。反対によく貸し出されて予約待ちになる本もあり、追加注文することもある。絵物語がアニメになったりすると貸し出しが急に増えるのだが、追加納品されるころには児童たちのブームが終わっていることもあり、コントロールが難しい。

「お疲れさまでした。工藤さんがいて大助かりでしたよ」

笠井教諭がさわやかな笑みで言った。

「やっぱり会社員の方は動きがちがいますね。力仕事もできるし、主婦のボランティアの方々十人分の仕事ぶりですよ」

片手を添え、小声で言ってくる。主婦のボランティアが帰ったあとなので本音が出たのか。

挨拶をして小学校を出たのは、午後五時過ぎだった。

マンションのエントランスの養生シートははずされていた。引っ越しは無事終わったらしい。

自宅の隣の新しい髙田家の扉はまだ開いていた。覗くわけではないがチラリと見ると、段ボールの山に囲まれた亜弥と母親と目が合った。

「あ、お帰りなさい！」

亜弥が疲れも見せずに元気に言った。

「お疲れさま。たいへんだったでしょう」

玄関前で俊介はねぎらった。

「新居にご招待したいところですけど、まだこのありさまなので……」

母親の佳江が苦笑を漏らす。親子二人だけといっても、女性なのでやはり荷物が多いようだ。

「ねえママ、お腹すいた」

「外食にしようか。お鍋や食器を段ボールから出すの面倒だし」

「うちで食べませんか？　デリバリーでもとって」

一秒前まで考えていなかったことを口にした。

「えー、そうしたい！　ママ」

突然の隣人の提案に母親は困惑気味だったが、魅力的な申し出と思っているらしいのが表情から伝わってきた。

「長いお付き合いになります。たいしたおもてなしはできないけどどうぞ。男の一人所帯なんで、もしかしたらこの家よりも散らかってるかもですよ」

「いいのかしら、初日から甘えさせていただいて」

母親は遠慮しつつ、腰を上げた。

「そうだわ、あとで亜弥にこの家の鍵を渡しとかなきゃね」

初めての家で初めての施錠をしながら、母親は楽しそうに言う。

「お邪魔します」

恐縮した母親と興味津々の亜弥が家に上がってくる。

「へえ、これが俊介さんのお部屋……」

上擦った声で言ってから、亜弥は口に手をやった。

「あんた、なんで工藤さんの下のお名前を知ってるの？」

「あの、学校の図書室でいつもネームプレートを下げてるから、それで覚えたの」

納得顔の母親は、

「馴れ馴れしくしちゃだめよ、亜弥。けじめをつけないと」

注意しながらも母親はどこかうれしそうだ。学校関係者と娘が仲良くしていることにホッとしているのか。俊介にはわからない母子家庭の不安があるのかもしれない。

デリバリーでピザを注文した。

「引っ越し初日なのに、そばじゃなくてすみませんね」

母親は恐れ入っていたが、俊介の人柄にゆっくりと緊張を解いていったようだ。

「しゅん……工藤さん、普段はなんの仕事をしてるんですか？」

ピザを上品に頬張るというのは不思議な光景だった。美少女だからこそ似合うのだろう。

「普段はイベント企画会社の契約社員です。そのほかに不動産もやってるんだ」

母親と亜弥を交互に見ながら、俊介は説明した。

「うち、母と娘だけでしょう。お引越し先におかしな人がいたらいやだなって思ってたんです。お隣が工藤さんでひと安心ですわ」

亜弥の保護者の代行をよろしくお願いします、というニュアンスを感じたのは気のせいだろうか。

食べ終えたピザの箱を片付けはじめた母親に、俊介は慌てて手を振った。

「僕がやりますから置いといてください。お客さんに片付けさせちゃ、ご先祖に怒られます」

冗談めかして言う俊介に、母親もすっかり気を許したようだった。

(もっとご先祖に怒られそうなことを、二人の女の子にしてるけどな……)

そんな思いが頭をかすめた。

「ねえママ、もう少し工藤さんのところにいてもいい?」

まさに子供が親にねだる口調だった。凛とした表情で静かに本を読むイメージからはちょっと想像しにくい。

「だめよ、ご迷惑でしょう」

「僕はかまいませんよ。今日はもうすることがないし」

母親は一秒未満で考えを変え、

「じゃあ、お言葉に甘えて……亜弥、先にお風呂とベッドの準備だけしておくわ」

「うん。ごめん、ママ」

母親は玄関で何度も頭を下げながら、財布からお金を取り出した。固辞した俊介だったが、彼女はなんとしてもこれだけは譲らなかった。

「亜弥ちゃんのママにお金をもらっちゃったよ。悪いことしちゃったな」

「うふふ、ママ自分で言ってたけど、女二人の家族なんでいろいろ警戒してるの。弱みを握られないようにって。お隣が俊介さんでよかったたって、あれ本心だと思います」

自分の親の心理を論理的に把握していた。読書量の多い少女は、考えをうまく口にすることができるものだ。

亜弥は当然のようにピザの箱を片付け、ダスターでテーブルを拭いた。客人にさせられないと母親に言った俊介の言葉をきれいに無視している。

「俊介さん」と亜弥は笑みを浮かべて言った。

「うふふ、ママの前で下の名前で呼んじゃった」

言いながらうれしそうに俊介に近づいた。

(理香とヘンなところで共通点があるな)

両親の前で呼び捨てにできない理香と、母親の前で下の名前で呼べない亜弥。

「俊介さんがお隣だと、いろいろ教えてもらえますね」

「教える？　小学校に出入りしてるけど、僕は教師じゃないぞ」

「うふ、授業であんまり教えてもらえないことなのです」

亜弥はゆっくりと抱きついてきた。

「俊介さぁん……」

亜弥の声は俊介の胸でくぐもっていた。

「授業で教えてもらえないことって？」

「……男と女のことなのです」

「というと？」

「もう、知ってるくせに」

責めるように亜弥は俊介に強く抱きついた。

俊介はふと気づいた。亜弥が小学生なのに不自然な敬語を使うのは、きっと照れ隠しなのだ。

「……学校の図書室で一時間目が終わってたね」

薄氷を踏む思いで調子を合わせてみると、亜弥が小さな顔を輝かせた。

「うふ、抱っことキスとお触り、ですね。今日の授業はなんですか？」

「……亜弥ちゃん、何度も言ったけど……」

「ストップ。その問いには前に答えました。次に進んでほしいです」

亜弥は白くて小さな手のひらを俊介に向けた。遠慮がちな物腰なのに、ぴしゃりと遮る妙な度胸も持っている。

「そうか。じゃあ今日の授業は、セックスの体位について、というのはどうだ？」

いくぶん開き直って言った。

「せっくすの、たいい……？」

たいい、は漢字でどう書くのだろう、というふうに、亜弥は指先で宙に字を書いていた。

「セックスって、つまりなにをどうするかは知ってるね？」

「えっと、あの図書室の本の図の通り……」

男性器が女性器に挿入されていたカラー図だ。

「そう。でも男の人と女の人の姿勢にバリエーションがあるんだ。亜弥ちゃんはまずどんなのを試してみたいかな？」

「どんなって……」

自分の罪状がどんどん重くなるのを実感した。

知っている体位を想像して恥ずかしくなったのか、亜弥の声は尻すぼみに小さくなった。

「体位を試すって、ずいぶん踏み込んだコトをしちゃうことになるぞ」

亜弥の決意を茶化すように軽い調子で言う。ここで亜弥が踏みとどまってくれれば、安堵とモヤモヤが同時に残るだろうが。

「あの、たとえばですけど、服を着たまま、姿勢だけ試すっていうのは……」

たとえばだけど。理香もそんな言い方をしていた。口にしにくい本音ということだろう。

「そうだな……二人とも立ったままなら、バックだったらできるかも。立ちバック」

「立ちバック……？」

亜弥の声に緊張がこもる。具体的な名前が出たことに不安になったのか、それともバックがどういう体位なのかをすでに知っているのか。

「亜弥ちゃん、テーブルに……いや、椅子に両手をついてくれ。上半身を落として、お尻だけを後ろに突き出すみたいにして」

「こう、ですか……」

テーブルの椅子を引き、亜弥は座面に両手をついた。

「そう、お尻をもう少し突き出して。お腹を落とすようにして」

「あは、なんだか恥ずかしいな……」

ミニスカートでこの姿勢になると、ふとももの三分の二ほどが露わになる。

(亜弥ちゃんもふとももの形、きれいなんだなぁ……)

小学校の図書室でお姫様抱っこして触れているが、新鮮さは色褪せない。

「腰をつかむけどいいかい？」

断ることはないだろうが、紳士のたしなみとして訊いてみる。

「……どうぞ」

ピンクのTシャツのウェストを両手でそっとつかんだ。亜弥は「あっ」と短く声を出し、少しだが身体をピクリと揺らせた。

「こうやって僕が自分の腰を亜弥ちゃんのお尻に押しつけて、亜弥ちゃんのアソコにアレを挿れるんだ」

「………」

アレやアソコなどと指示代名詞ばかりだが、なんのことかは充分わかるだろう。

「……でも、これだと、俊介さんのアレ、ヘンなところに当たりませんか？」

不安も露わに亜弥が訊いてきた。位置的にお尻の穴直行ではないかと恐れているらしい。

「亜弥ちゃんはまだ背が低いからね。大丈夫。僕が膝を曲げて腰を落とすよ。だいたい僕だって、これまで大人の女性前提でしか考えてことがない」

ふうっ、と息が漏れるのが聞こえた。なるほど、という意味の失笑らしい。

「どうだろう、ほんとに腰をくっつけてもいいかな？」

「うん」

上擦った短い声だったが、ためらいはなかった。そこまではする気でいたのか。

亜弥の腰をつかむ手に少し力を込め、自分の腰を押し付けた。

「あっ……」

亜弥はさらに緊迫した高い声を漏らす。

(このミニスカート、こんなに薄かったんだ……)

白黒チェックのミニスカートは、見た目に反してやわらかかった。自分のズボンを通しても、亜弥のお尻の感触が生々しく伝わってくる。

「わかるかい? 亜弥ちゃんと僕が裸だったら、大きくなった僕のアレが、亜弥ちゃんのアソコに、グーッと入っていくわけだ」

「…………」

俊介は挿入をイメージしながら、当てている腰を上にずらせた。亜弥の頭では、あの挿入図が鮮明に映っているのだろう。

「……でも、これ。入っちゃうだけじゃないんですよね?」

「お、よく知ってるね。亜弥ちゃんに入って、僕が激しく前後にアレをこするんだ。そうすると僕も亜弥ちゃんもすごくいい気持になって、最後に僕が射精する」

「しゃせい……」

禁忌《きんき》の言葉を口にするように、亜弥はかすれた声でつぶやいた。

「男の人のその動きのことをなんていうか知ってるかい？」

「……知らないです」

「ピストン運動、っていうんだ」

顔は見えないがかすかにつぶやいたのはわかった。亜弥は「やっぱり……」と言ったのだ。この理知的な女子小学生は、俊介にアプローチするまでにかなり予習していたようだ。

「こうやるんだよ」

「えっ？　えっ、ちょっと……」

俊介は普通にバックでのピストンをするように、腰をズンズンとリズミカルに亜弥のお尻に当てた。身長差があるため、膝を曲げたままなのがツラかったが、小学六年生の少女のお尻の感触は、それ以上の感慨を俊介に与えてきた。

（腰もお尻も小さい。それに硬い！　こんな子供に、なんてことを……）

罪の意識が逆に気持ちを高ぶらせていた。強い恐れを伴う官能など、まったく初めての経験だった。理香にも近いことをしているが、恐れや新鮮さは少しも薄れない。

痩せぎすというわけでもないのに、両手でつかんでいる少女の腰も、哀れを誘うほど細かった。

「あんっ、あんっ……俊介さんのが、入ってる、気がします……」

ピストンに合わせて、亜弥が声を途切れさせながら言った。少女も自分の中で俊介の男根が前後している情景を想像しているにちがいない。

（カチカチに勃起してるよ。ズボンが忌々《いまいま》しい……）

ズボンとトランクスの奥で、勃起ペニスはじつに窮屈そうだった。

「俊介さん……このままズボンの中で、シャセイするってことは、ないですか？」

切れ切れに声を発しながら、亜弥はなかなか鋭いことを突いてきた。

「正直、いますごくいい気持になってる。でも、やっぱり射精まではいかないな」

「そう、ですか」

亜弥はちょっと残念そうに答えた。

「亜弥ちゃん、このスカート、上げちゃったらだめかい？」

「え、上げたらって……」

「そう、パンツ丸見えにして、その上から僕が押し付けたら、もっと正確に実感できると思うんだ」

ドン引きか、消極的賛同かのどちらかだろうと思ったが、どちらでもなかった。

「あの、それなら、俊介さんも、ズボンを脱いでくれたら……」

「えっ？」

驚きに一瞬ピストンが止まってしまった。

「……ホントにするわけじゃないし、パンツ・トゥ・パンツなら……」

不安そうな口調だが、どこか亜弥自身が似たような考えをしていたフシがあった。

「トゥ、なんて英語の前置詞をなんで知ってるんだ？」

驚きのあまり、くだらない質問が出た。

「保健体育の授業で習って……」

保健体育？　パンツ・トゥ・パンツを？

「あの、救急救命のとき、気道を確保して、マウス・トゥ・マウス、って……」

「…………」

無意味な質問に対して、いらない情報を添えて、亜弥は几帳面に答えてくれた。

「……じゃあ、ズボンを脱ぐぞ」

気を取り直し、ファスナーを下ろしてズボンを下げた。間の抜けた動きだが、亜弥からは見えない。完全に脱ぎ去りはせず、両足のかかとで放っておく。

（チ×ポがビンビンなのが丸わかりだよ……）

トランクスが破れそうなぐらいペニスは勃起していた。

「亜弥ちゃんも、スカートをめくるよ？」

「………」

ミニスカートの裾をつかみ、めくり上げていった。

白地に薄いブルーのチェックが入ったコットンのパンツは、腰を突き出した姿勢のせいで、お尻に張り付いていた。お尻の谷間が窪んで、逆さ向きの白いハートのように見える。

「亜弥ちゃん、可愛いパンツ穿いてるね」

亜弥は返事をしない。大人の男性に下着を褒められて喜ぶ女子児童はいないだろう。まだ勝負パンツなどという概念も芽生えていない。

「いつでも思い出せるように、亜弥ちゃんのパンツが一枚ほしいな」

変態的だが、あえて口にしてみた。生真面目な少女の反応を見てみたかったのだ。

「それは、ちょっと……」

弱々しい否定が返ってきた。ここは押すべきではない。

「じゃあ僕のパンツと亜弥ちゃんのパンツ、くっつけるよ」

「はい」

蚊の鳴くような声だが、強制された肯定のトーンではなかった。

「あっ……！」

パンツ越しの二人の腰が触れた瞬間、亜弥は逼迫《ひっぱく》した声をあげた。

（なんて声出すんだ……挿入してる気分になるよ）

十二歳の亜弥にとっては同じぐらい衝撃的な体感覚なのだろう。

「……俊介さんのアレ、お尻に挟まってる気がします」

声を震わせながら、亜弥が違和感を口にした。

キツくテントを張っていてもトランクスの中なので、押し付ければペニスは上を向き、お尻の谷間に挟まれる格好になる。

「二人ともパンツを脱いだら、僕のアレが斜め下を向いて亜弥ちゃんのアソコに入るようになるんだ。いまちゃんとそういう姿勢になってるから」

返事はなかったが、納得の沈黙とみていいだろう。

「またさっきみたいに動いていいかい？」

「はい……なんかドキドキします」

亜弥はなんとか笑おうとして失敗していた。

少女の腰をつかむ両手に力を込め、再びズンズンと模擬ピストンを始めた。

「あっ、あっ、あっ……俊介さんがもっと近くに感じます……」

切れ切れの声で、どこか文芸的な言い方をした。

（こんなに小さくて硬いお尻なのに、押し込むとひしゃげるんだな）

亜弥のお尻は未熟な果実のように、高い弾力性を持っていた。腰で打ち据えるたびに、白いパンツのチェックのラインが細かくブレる。

「亜弥ちゃん、パンツ、ちょっとだけめくったらダメかな」

勢いあまって訊いた。「どうぞ」と言ってくれるかと思ったが、

「いっ、いやっ、それは、ダメです。恥ずかしすぎる……！」

疑似ピストンの動きにあらがうように、亜弥は片手を伸ばしてパンツに包まれたお尻を庇《かば》った。意外なほど強い拒絶だった。

もちろん無理強いはできない。

だが亜弥は別の意味で意外な提案をしてきた。

「あの、その代わり、俊介さんは、ちょっと脱いでも、いいです……」

驚きのあまり、またピストンが遅くなり、そして止まった。

「……ありがとう。これで僕のアレが、亜弥ちゃんのアソコに一直線に向かえる」

「わたしはパンツ穿いてるから……入っちゃうことはないですよね？」

念を押すように訊いてきた。

「それは大丈夫だよ。どんなに僕のアレが硬くても、さすがにパンツまでは突き破れない」

意識して余裕の返答をしながら、そそくさとトランクスを膝まで下げた。

解放されたペニスは、ほとんど真上を向いていた。片手で仰角を下げ、白いパンツのクロッチに向ける。

（難しいな。どこをターゲットにすればいい……？）

バックの経験はあったが、一直線に陰唇に向かえないジレンマは初めてだ。

パンツのクロッチのすぐ下、ふとももの始まりしかなかった。

（素股、ということか）

「亜弥ちゃん、脚のあいだに入れるよ」

痛みを覚えるほど勃起したペニスは、斜め下に向けるのにも苦労するほどだった。

「……はい」

閉じられた白い脚のあいだにペニスを割り込ませる。小学生の小さなふとももに黒っぽい大人の男根が消えていくさまは、まさに犯罪が行われている光景だった。

「脚の感覚だけで、俊介さんの大きさがわかります……」

挿入しているわけではないので、あからさまな嬌声は出ないが、十二年の人生で初めての体験をしている緊張感がこもっていた。

亀頭が消え、赤茶けた軸棒が両脚のあいだに埋没していく。

そして、陰毛にまみれた俊介の鼠蹊部《そけいぶ》と、亜弥の白いパンツが接触した。

ズンッ、と腰でお尻を打つと、亜弥が「あっ……」と短く呻《うめ》いた。

「さっきみたいに、アレを前後に動かすよ」

「あははっ、さっきよりリアルですね」

恐れを伴うややヒステリックな笑みとともに亜弥が言った。

腰をとり、ピストンを始めた。

(ああっ……ほんとにオマ×コに挿れてるみたいだ!)

防衛本能なのか、亜弥は両脚を強く閉じている。じっさいに挿入するには少し足を開いたほうが現実的だろうが、やわらかなふとももに挟まれたペニスは、出し入れのたびに限りなく挿入に似た官能を受けていた。

「んんっ、俊介さんのアレが、お股で動き回ってるのがわかります……」

声は緊迫しているものの、理解できたような喜びがにじんでいる。

「僕は女性じゃないけど、ほんとに入れちゃったら、たぶん比較にならないぐらい気持ちいいと思う。大きな悲鳴をあげるぐらいに」

「それは……まだ、もうちょっと……」

それはまだ、もうちょっと心の準備ができてから。そう言いたいのが手に取るようにわかった。

(まずい……出そうな気分になってきた)

射精に導くには刺激がやや弱いが、下半身は撃鉄を起こした状態になっていた。

「ほんとに入れちゃったら、最後に俊介さんのアレから、出るんですよね……」

「精液かい？　そうだよ。僕がものすごい速さで動いて、最後に出るんだ。ピュッピュッピユッ、って」

「ぴゅっ、ぴゅっ……」

ひよこのような口ぶりで亜弥は真似た。

「あの、これ……俊介さんの顔が見えないので、不安になるっていうか……」

遠慮か、あるいは不安からか、子供離れしたもったいのつけ方をする。

「そうか。でも正面を向いてやるのは難しいかな……」

二人とも立ったままであり、極端な身長差があり、亜弥はパンツを穿いたままだ。

疑似セックスの体位は限定される。

「そうだ、僕が椅子に座るから、僕に乗ってきてくれるかい？」

「え、乗るって、どういう……」

振り返りかけて、亜弥はすぐ顔を逸らせた。視界の斜め下に俊介の勃起ペニスが入ったのだ。

「どうした？　僕のコレを見るのが怖いのかな？」

「ん。びっくりした」

可愛らしい苦笑いを浮かべた。

俊介はテーブルの椅子に腰掛けた。勃起はほぼ天頂を向いている。

「じゃあ僕のを見ないようにちょっと上を向いて、僕に乗ってきてごらん。重なって乗るんじゃなくて、抱き合うみたいに」

駅弁スタイルだが、言葉の説明は不要だろう。

ミニスカートの裾を手で整えてから、亜弥は斜め上を見上げて振り返った。

「えっと、俊介さんの足をまたいで乗ればいいんですか？」

そうだよ、と俊介は亜弥の腰をとり、肩幅ほどに広げた自分のふとももに、亜弥をまたがせた。

脚を広げた格好なので、やはりミニスカートはめくれ上がり、華奢なふとももの大半が露出した。

「あは、これで二人とも裸だったら、アソコとアソコがくっついちゃいますね」

納得の笑みを浮かべたまま、亜弥は顔をそむけてしまった。

「あん、恥ずかしい……俊介さんの顔が、近い」

そう言ってゆるゆると俊介に抱きついてきた。

「そうだよ。これで僕が動くと、亜弥ちゃんの中にずっぽり入るんだ」

「ずっぽり……」

意味を咀嚼《そしゃく》するように、亜弥は小さくつぶやいた。

俊介は片手でペニスの根元をとり、パンツのクロッチに垂直に当てた。

「んんっ……俊介さんのが、下から突き上げてます……」

残っている笑みに苦悶に似た表情が混じる。セクシーで美しかったが、いかんせん顔が小さすぎる。

「突き刺さりそうだろう？　これで僕が亜弥ちゃんの腰をとって動くんだ。こんなふうに」

両手にとった亜弥の腰を、軽く上下に揺らせた。

「ああんっ！　俊介さんのが、入りそう……！」

「亜弥ちゃんの上半身の体重もあるから、簡単に入りそうだろう？」

亜弥は顔をうつむかせ、俊介の肩から両手を回して強く抱きついてきた。

自分も亜弥の小さな身体を抱き返したが、そうすると亜弥の上半身が動かしにくくなったので、今度はヘコヘコと自分の腰を動かした。

「あんっ、あんっ……突かれてるだけなのに、なんか、ヘンな気分になっちゃう」

喉の奥から絞り出すような声で言った。

「ズニュー、って入っちゃうところを想像してみな」

「んっ、んんんっ！　うんんんっ……！」

返事はなく、振幅に合わせて押し殺した呻き声が出るだけだったが、言われたとおりの情景を思い浮かべているのが容易にわかる。

「ああ、俊介さん……」

打ちひしがれたような表情を浮かべ、ゆっくりと亜弥は顔を上げた。

顔を同時に近寄せ、唇を重ねた。

「うふん、すごいシアワセかも……」

しまりなくキスを解くと、亜弥はとろけるような声を出した。

「あの、あの……最後のお願いが……」

微妙に顔を上下させながら、亜弥がおずおずと言った。

「ん？　なんだろ」

大人目線で、なんでも言ってごらん、というニュアンスを込める。

「俊介さんのコレ、よく見てみたい……」

口に出すのすら勇気が要ったようだ。言葉は尻すぼみになり、言っている途中から顔を俊介の胸にうずめた。

「いいよ。じゃあ僕が立ってみよう」

抱き起こすようにしてゆっくりと亜弥を退かせ、椅子から立ち上がった。

ズボンとトランクスをかかとまで下げ、屹立《きつりつ》したペニスをむき出しにした姿は見苦しく滑稽だったが、亜弥の注意はただ一点だけに集中していた。

「……すごい。あの図の通りだわ……」

大人の勃起ペニスを初めて見た第一声は、じつに亜弥らしいセリフだった。

「これ、このままの大きさで入ってくるんですよね？　小さくなったりせずに？」

小学生らしい恐れの発露に、俊介は失笑した。

「そうだよ。そのままの大きさで入るんだ。小さくなったりしたら、女の人の気持ちよさが半減しちゃうよ」

小学六年生に「半減」などと言ったが、亜弥の語彙《ごい》の多さならわかるだろう。

ふうん、という理解とためらいのつぶやきを漏らした。

「わかるだろ？　こんなものが入ったら、亜弥ちゃんのアソコがどうなるか」

指導口調でそう言った。こんな言葉が出るところをみると、自分にはまだ良心が残っているのだ、と感じた。

「でも、ちょっとずつ試していけば……」

しゃがみ込んでペニスを見つめていた亜弥は、第二案を口にするように俊介を見上げた。

「ちょっとずつ試すようなもんじゃないよ。亜弥ちゃんがもう少し大きくなったら、身体のほうが自然に対応できるようになる。無茶をしちゃいけない」

気を落としたようにうつむいた。視線の先はやはりペニスだった。

「俊介さんのしゃせい、受けたかったなぁ……」

子供らしい切ない声音だったが、内容が怖ろしい。

そして亜弥は、不安と期待をにじませ、第三案を口にした。

「これ、ちょっと触ってもいいですか？」

「いいよ」

理香にイタズラしたように、触れる寸前にブンッと振り上げたりはしなかった。

「へえ、やっぱり大きいですね……すごく熱い」

理香と同じ感想を漏らす。自分の幼い性器への挿入を考えていたため、触れてみてじっさいの大きさに驚いているのだ。

上擦ったような声で言う亜弥は「うふふ」と控えめな笑みをこぼした。

「なにがおかしいんだい？」

「だって、俊介さんのアレを触ってるなんて、なんか不思議……うふふ」

数カ月前から俊介を想っていた少女にとって、ある意味悲願成就なのか。

「これ、先っぽからなにか出てますけど……？」

これも理香と同じ質問だ。

「おしっこじゃないよ。エッチな気分になると出るんだ。答えなくてもいいけど、亜弥ちゃんだってそうだろ？」

「………」

答えのないのが雄弁に肯定を表していた。

「わたしの中に入って、ズコズコ動かしたら、出るんですよね。せいえき……」

ズコズコとは亜弥らしくない言葉だ。

「そう。触られてるだけでも気持ちいいけど、亜弥ちゃんの手はまだ小さいから

「……」

亜弥を気遣っているような口調だが、どこか回答を導き出すように言葉を切らした。

このへんも自分はズルいと思う。

そして亜弥は強烈な第四案を出した。

「あの、これって、たとえば……お口で咥えたりしたら、どうかな……？」

言いにくそうに言葉を区切りながら、まさに狙っていた通りの代替案だった。

「いいのかい？　抵抗があるだろ」

「いいんです。これも、その、いつか……」

口を滑らせそうになったのに気づいたように、亜弥は途中で口をつぐんだ。

これもその、いつかしたいと思ってたことだから。そう言おうとしたにちがいない。

「亜弥ちゃんのお口の中に精液を出しちゃうかもしれないぞ？」

亜弥は困ったように眉根を寄せ、とろけるような笑みを浮かべた。

フェラチオで射精など、女子小学生にとっては強烈な変態プレイだろう。淫靡《いんび》な気持ちに目覚めた理知的な少女は、性の冒険に心が昂《たかぶ》っているのかもしれない。

十本の指の腹を全部使ってペニスをつかんだ亜弥は、勃起ペニスと向かい合った。

「なんかリコーダーを持ってるみたいだな」

「うふ、音楽の授業のたびに思い出しそう」

それはよしてくれ、と俊介は思った。

（理香と同じだ……ここで理香のママが来たんだよな）

理香のときの寸止めのひと幕を思い出す。共通点が多いとまた思う。母親が来るかもしれないという点でも同じだ。

今回はそうはならなかった。

亜弥は舌で唇を舐め濡らし、あきらめたように目を細め、眉根を寄せてからゆっくりと口を開いた。

（亜弥ちゃん、口を開けても小さい……）

精一杯口をOの字に広げているのだろうが、大人の勃起がギリギリ入るぐらいの大きさにしか見えない。だが、

「んおおっ……」

腹から低い声が漏れた。

やわらかくぬめった唇が亀頭を包むと、亜弥はそのまま口の奥まで飲み込んでくれたのだ。

「ああ……亜弥ちゃんのお口、すごく気持ちいい……」

一瞬で膝が折れてしまいそうな快感を覚えた。少女の口は温かく、じっとりと濡れていて、なによりも小さかった。

(チ×ポの裏に舌が当たってる……この狭さがたまらない)

フェラチオのうまい女性はいたが、極端に小さな口に含まれたのはむろん初めてだ。亜弥の口に消えている部分の全方位に、緊張感の伴う締め付け感がある。

「んんっ……んふっ、んんん、んんん……」

呼吸が苦しいようだ。こんな大きなモノを咀嚼もせずに口に入れたままなのは少女にとっても初めての経験だろう。

亜弥はゆっくりと、顔を前後に動かした。ペニスに刺激を与える理屈はわかっているようだ。

「亜弥ちゃん、すごくうれしいよ……ほんとに出そうだ」

ぎこちない顔ピストンをしながら、亜弥はなんとか上目遣いで俊介を見上げた。無理な表情になっているが、褒められて喜んでいるのが伝わってくる。

自分は動かないよう気をつけていたが、俊介は無意識に腰を突き出していた。

(狭いのは気持ちいいんだけど、これじゃすぐに射精までいかない……)

小さな顔の美少女が懸命にフェラチオしているさまを見おろすのは、なんともいえない背徳感と征服感があったが、いかんせん十二歳の子供なのだ。技術的な拙さはどうしようもなく、途中から自分でこすり出したい衝動にさえ駆られた。

「亜弥ちゃん、ちょっといいかな？」

亜弥はペニスを咥えたまま動きを止め、俊介を見上げた。大きな瞳に「どうしたの？」という疑問が浮かんでいる。

「亜弥ちゃんの頭を支えて、僕が自分で動いてもいいかい？　そうしたら、もうすぐにでも出ると思うんだ」

「んっ、んっ」

同意を示すように、Oの字に開いた口にペニスを頬張ったまま、コクコクと何度も顔を頷かせた。

亜弥の小さな頭を両手でつかむ。小さい、と思ってしまう。視覚と触感の両方で驚いてしまう。

（こんな子供の口の中に、イラマチオで射精しようとしてるのか……）

つかの間、罪の意識にとらわれた。つかの間だった。

「喉を突かないように気をつけるから……」

亜弥はペニスをつかんでいた手を離した。邪魔だと思ったのだろう。やり場をなくした両手は、肘から先を上に向け、あいまいに指を曲げている。赤ちゃんがよくやるWのポーズだ。

(亜弥ちゃんの胸元が見えてる……)

まっすぐ上から見おろしているため、ゆったりしたピンクのTシャツの首元から、亜弥の胸がまともに見えていた。ただしまったくの無乳のため、注意して見ないと乳首がどこかもわからない。

腰を後ろに引いていき、亜弥の口からペニスをゆっくりと引き抜く。亀頭だけを口に残した。目を閉じた亜弥は、ときおり眉根を寄せるほか、感情らしいものを浮かべていなかった。俊介に任せるつもりなのだろう。

「いくよ。苦しかったら言ってくれ。おっ、と言えないんだな。片手を上げてくれ。歯医者さんみたいに」

ゆっくりとペニスを口に押し込んでいく。亜弥の顔には、それこそ歯の治療を受けるような、あきらめに似た薄い不安だけが浮かんでいた。

小さくて狭い口腔内をペニスは進んだ。わずかな距離だが、フェラチオやイラマチオでこんなに緊張したことはない。

(驚いた。チ×ポ、こんなに入るんだ……)

さすがに根元まではいかないが、長くて太くて硬い勃起の、半分以上が亜弥の口の中に消えていた。

亜弥がかすかに片方の眉を震わせた。ここらが限度ということか。ペニスの感覚で覚えておく。

亜弥の表情に気をつけながら、徐々に出し挿れのスピードを上げていった。

(んんっ、口が狭くて、ほんとに気持ちいい……出るのが、近い……)

歯を食いしばりつつ、亜弥の頭を強くつかまないよう注意する。

「んっ、んっ、んっ、んっ！」

亜弥も高くてリズミカルな喉声をあげていた。

やがてピストンは猛烈な速さになった。亜弥は眉根を寄せて苦悶に耐えるような表情を浮かべている。

「ごめん、亜弥ちゃん、もうすぐ出そうだから」

つい詫びの言葉が出てしまった。

(亜弥ちゃん、乳首が……！)

胸元から覗く亜弥の乳首が、それとわかるほどはっきり隆起していたのだ。乳房全体がふんわりとふくらむのではなく、乳首だけが無理に起きているようだった。

苦しさに耐えているだけでなく、亜弥も官能を享受しているのがわかったとき、射精の痙攣反射が起こった。

「んあっ！　亜弥ちゃん、出るっ！　お口の中に……！」

亜弥を気遣う気持ちはぎりぎり残っていた。

頭をつかむ手に力を込めず（ただし細かく震えていたが）、勢い余ってペニスを喉の奥に突き刺さないように気をつけた。

「んんんっ？　んんっ！　んんんん〜っ！」

喉の奥から、亜弥は声に出せない悲鳴をあげた。眉根を強く寄せ、肩をヒクつかせ、新生児のようにWにした手の先でこぶしを握っていた。

美しい女子小学生の苦悶の表情を見ながら口の中に射精するのは、背筋が凍るような官能を俊介にもたらした。

激しい射精は十回近く続いた。

「んっ……んんっ！　んんんっ……」

亜弥はつらそうに目を閉じたままだが、ペニスを口から離そうとはしなかった。

小さな口中に放たれる精液の勢いが収まったのを察すると、亜弥はゆっくりと目を開け、両手でペニスをそっとつかんだ。

「え、亜弥ちゃん……？」

亜弥はその手で、拙くペニスをしごきだしたのだ。尿道に残る一滴の精液も残さないというように。

亜弥は「どう？」というように俊介をチラリと見上げた。

フェラチオの経験は何度かあったが、こんな艶めかしいアフターサービスを受けたことはない。ＡＶでしか見たことのない動きに、

（それを十二歳の女の子にしてもらってるなんて……）

罪悪感と男性の達成感が同時に押し寄せてくる奇妙な感覚だった。

亜弥はゆっくりとペニスを口から引き抜いていった。

亀頭のカリを唇で挟み、一拍してから丸い亀頭を口から出していく。幼女が大きな飴玉を口から出すような動きだった。

亜弥は口を閉じたまま、評価を問うように俊介を見上げた。

「ありがとう、亜弥ちゃん……最高に気持ちよかったよ」

小首をかしげ、にっこりと笑った。こんな仕草はじつに子供らしいのだが……。

「さあ、洗面所で吐き出してきて」

口の中にモノを入れたままなのはツラいものだ。

だが、亜弥は俊介を見上げながら、バァ、とでもいうように大きく舌を出しながら口を開けた。

そこに精液は残っていなかったのだ。

「亜弥ちゃん！　飲んだのかい？」

亜弥は口を開けたまま、えへへ、と笑い声をあげた。

「だって、俊介さんの精液だもん……」

「どんな味だった？」

「……すごいエッチな味。こんなの初めて」

亜弥は口の前にそっと手を当て、妖しく目を細めた。おいしいはずはないのに、昂った官能のせいで催淫剤となっているのか。

「でもうがいはしたほうがいい。匂いが独特だから……」

なにを言いたいのかを瞬時に察したらしい。

「そうですね。ママにばれたらたいへん。うふふ」

立ち上がる前に、またペニスを手に持った。唇を軽く尖らせると、亀頭の先の鈴割れに、チュッ、とキスをした。

洗面台で水の音がしたとき、ピンポーンと呼び鈴が鳴った。

「あの、すみません。亜弥、そろそろ……」

母親が迎えに来たのだ。

「俊介さん、アドレス交換してくれませんか?」

と手にスマホを持って早口で言った。俊介もスマホを取り出した。交換は一分未満で終わった。

「亜弥ったら、いつまでもお邪魔して。お風呂とベッドの用意ができたわよ。明日も片付けで忙しくなるのよ。今日は早く寝るの」

「はあい」

「遅くまですみませんでした。今後ともよろしくお願いします」

母親は丁寧に頭を下げた。亜弥も面白半分に同じことをする。

二人が帰ると、強い罪悪感が襲ってきた。亜弥のほうから誘った、などと見苦しい言い訳はしない。自分が大人の分別で止めるべきだったのだ。

理香にも同じ罪の意識を感じていたが、射精までしたぶん、コトは深刻に思えた。

俊介はもともと、男女の区別なく子供という生き物が好きだった。

途上国で性産業に就かされる児童の画像などを見ても、義憤《ぎふん》と憐憫《れんびん》の情しか湧かず、性的に興奮することなどなかった。

（人のこと言えなくなった……僕もあんなことする奴らと同じだ……）

　男性的な満足感が過ぎると、自己嫌悪が強くのしかかってきたのだ。

（理香と亜弥ちゃん。ほとんど同時に、小学生の女の子二人と、ヘンな関係になるなんて……）

　妖しい行為の直後に母親が迎えに来たところまで同じだ。偶然を信じない俊介だったが、さすがに運命の不思議さを覚えた。

　だが共通点はそれだけではなかったのだ。

　風呂に入ろうと洗面台に行くと、バスタオルの上に、軽くたたまれた白いハンカチのようなものがあったのだ。

「亜弥ちゃんのパンツ……！」

　亜弥は俊介の願いを叶えてくれたのだ。

　思うところあってスマホを開けてみると、アドレスを交換したばかりの亜弥から着信があった。

〝ありがとうございました。パンツ、脱衣場に置いておきます。今日一日、引っ越しで汗をかいているので、お洗濯してください（笑）。これからよろしくお願いします。おやすみなさい〟

几帳面な文体だが、内容はやはり理香と同じだ。

パンツを手に取ると、汗をふくんでしっとりしていた。洗濯して未使用だった理香のものよりも若干重い気がする。

白地にブルーのチェックの入ったコットンパンツを、やはり両手の指で四角く広げてみた。

覗き込むと、クロッチの白い船底がヌメッているのがわかった。

(亜弥ちゃん、やっぱり感じて濡らしてたんだ……小学生でも女性なんだな)

指先でヌメリに触れた。クロッチのざらついた厚手の繊維が、淫蜜で滑る。

その指をそっと舐めた。

射精を終えたばかりなのに、ペニスは再びギンギンに勃起した。

(どうするんだよ、コレ……)

理香のときと同じように、途方に暮れてしまう……。

第四章　ご褒美は飲尿&処女セックス

「社長、体育館はそこを右に曲がったところです」

「わかってるよ。毎年やってるんだ。おまえよりこの小学校に詳しい」

社長以下、六人の若手スタッフに混じって、俊介は重いレンタル機材を小学校の体育館に運んでいた。

「小学校なのにずいぶん気合が入ってますね。高校の文化祭みたいだ」

「何年か前にいまの校長が来てからだな。児童たちの偏差値も上がって、私立の中学を受験する子も増えたという話だ。こんな文化的なイベントにも命懸けでな」

「おかげでうちはホクホクですね」

「そうでもない。娘が通う小学校だからな。あまりボレない。従業員価格みたいな値段で貸し出してる」

理香の父、牧村社長は豪快に笑った。

体育館のコーナーに、ポップコーンや綿菓子の製造機、鉄板焼きの機材と重い鉄の板、タコ焼き器などを手際よく運び入れる。

紅白の横断幕を取り付けると、一気に祭りの雰囲気になった。

「絵のうまい子とか、モノづくりの上手な子もいるんだな。校長は子供たちの才能を引き出すのがうまいよ」

児童たちが自分でつくった案内板や大仰なディスプレイを見ながら牧村は言った。

自分の子供を任せている安心感がこもっていた。

「でも俺たちに任せてくれたら、もっと本格的になるんだがな」

「社長、子供たちが自分でやることに意義があるんです。僕たちは脇役ですよ」

「そうだな。俺たちは舞台裏だ。ステージで踊るのは子供たちだ」

学園祭の前日、準備のクライマックスともいえる専用インフラの設置だった。

重い機材や大きな仕掛けを終えるころに、児童たちが入ってきた。その日は準備のため授業は午前中で終わり、高学年の子たちが自由参加で手伝いにやってくる。

「俺たちの仕事はこれで終わりだが、俊介、おまえはどうする？」

「僕は子供たちを少し手伝いたいんですが」

「そうこなくちゃな。若いやつを返して、俺もガキどもを手伝うつもりなんだ」

「児童たちにオヤブンなんて呼ばせないで下さいよ」

俊介の立ち位置は独特だった。ふつうの意味での契約社員とは異なり、シフトなどの扱いは限りなくアルバイトに近い。それでいて、額面は低いものの給料は定額が保障されている。

社長の牧村に気に入られているからだが、その代わり、長年の勤続社員に配慮して、今日のようにイベント地への搬入など短時間で済む仕事は無給のときもあった。数少ない大卒（それも経済学部）ということもあって業務内容も多岐に及ぶ。

俊介は自分のことを、年配社員の前で「究極の器用貧乏」と自虐的に言うことがあったが、あながちまちがいではなかった。

「俺の娘もどっかにいるんだろうな」

体育館で走り回る児童たちを見回しながら牧村は言った。

「あいつ、生意気だけど、優しいとこもあるからな。親バカだけどさ」

豪快で子供の好きな社長が目を細めるのを見て、俊介はそこはかとない罪悪感を覚えた……。

「俊介さーん！」

聞き慣れた声がした。

体育館のステージの上から亜弥が手を振っていた。児童たちは白のブラウスとチェックのパンツかスカートなので、少し離れるとわかりづらい。

「今日は図書室でもプールでもなくて学園祭のボランティアなんですか？」

「まあそうだ」

「うふふ、じゃあ手伝ってください！」

思わぬところで俊介を見つけた亜弥はテンションが高かった。

講堂を兼ねた体育館の正面には多くの学校と同じく、ステージがある。そこに亜弥たちはたくさんのパイプ椅子を用意していた。

「どうするんだい、こんなところでたくさんの椅子？」

「近くの中学校の吹奏楽部の人たちが演奏してくれるんです。それで人数分並べなきゃいけないの」

並べる椅子は三十二脚だそうだ。けっこうな規模だ。亜弥の指示に従って、正面に向かって、開いた扇形に椅子を並べていく。

「髙田、この椅子だけ離れてないか？」

同じ六年生らしい男子児童が亜弥に訊いた。

「いいの。そこコントラバスの人の席だから。少し広く取らないと」

意外にてきぱきと指示を飛ばしている。

「亜弥ちゃん、楽器に詳しいのかい？」

違和感を覚えて訊くと、亜弥はよく見るはにかんだような笑みを浮かべた。

「わたし、トロンボーンやってるんです。中学に上がったらわたしも吹奏楽部に入るつもりなの」

「へえ……」

図書室のちょっとエッチな子、ぐらいの情報しかなかったので驚いた。

「うふふ、俊介さんともっと仲良くしたいけど、ここじゃまずいですね」

そばに近寄り、耳打ちするように言った。他の児童に対し、秘密の関係を持っていることに優越感を覚えているのか。

パイプ椅子がきれい並べられたころ、

「あ、俊介、こっち手伝って！」

ステージの下から、もうひとつの聞き慣れた声がした。

理香だ。

「悪い、先約があるんだ」

「終わったらこっちに来てよ。パパたち、ポップコーンの機械とか、おおざっぱな置き方してるから」

「わかった。あとで行く」

振り返ると、亜弥が見たこともない表情で俊介を見ていた。

「前も思ったけど、牧村さん、どうして俊介さんのことを呼び捨てなんですか？　同じマンションだから仲良くなってたの？」

小学生なのに、青い炎が背後から立ち昇っているように思えた。

「あー、それもあるけど、僕の勤めている会社の社長の娘なんだ。僕のことを理香は子分だと思ってる」

後の言葉は無用だったようだ。

「俊介さんも、牧村さんを呼び捨てにしてるんだ。ふうん」

氷のような冷たい声で亜弥は言った。

ふとホールを見おろすと、ポップコーン製造機のあたりから理香がこちらをじっと見ているのに気づいた。

「うふ、でもわたしは俊介さんの隣に引っ越したから、条件は近いですよね」

小首をかしげ満面に笑みを浮かべた。

小柄な美少女の亜弥に、こんな怖い笑い方ができるのかと思った。

「牧村さんのところに行ってください。こっちは終わりましたから」

言いようのないバツの悪さを覚えつつ、俊介はステージ袖の短いステップを降り、あれこれ議論している理香たちのところに向かった。

「俊介、このポップコーンの機械と綿菓子の機械のあいだに、長テーブルを入れたいの。パパったら、売る人と買う人のことを考えてくれなきゃ困るわ」

理香がキビキビと文句を言ってきたが、どこまでも業者に対してではなく、肉親に不満をこぼす口調だ。

機材にはキャスターが付いているので動かすのは容易だが、児童だけで動かすのはダメだと言われたという。

「ここでいいか？」

「ありがと！　これで行列ができても、きれいに整理できるわ」

なかなか先読みのできる子だ。

理香はさりげなく俊介に近寄り、

「ねえ俊介、髙田となにかあったの？」

ギクリとした。二股をかけている小心者になった気分だ。どちらかとキチンと付き合っているわけでもないのに……。

「なにかって？」

とぼけて訊き返したが、動揺が出なかった自信はない。

理香はじっと俊介を見つめていた。

背格好はほぼ同じ、制服も同じ、ともに長い黒髪の美少女。これだけ共通点があるのに、理香と亜弥の、表層に現れるキャラはまったく異なる。俊介はこんなときにそんなことを考えた。

「髙田、俊介の隣に引っ越したんだよね？　あれ、髙田がワザと？」

「そんなわけないだろ。まったく偶然だ。僕も亜弥ちゃんも驚いたんだから」

「亜弥ちゃん。へえ……」

理香も、空気が氷点下まで下がるようなつぶやきを漏らした。

「それで仲良くしてるんだ？　うちみたいに家族で？」

「そりゃお隣だからね」

目を逸らしてしまい、事実なのに言い訳くさくなってしまった。

「こっちはもういいよ。髙田のとこ、手伝ってあげたら？」

どちらからも突き放されてしまった。

体育館を見回すと、大きな脚立に乗って児童たちの絵を壁いっぱいに貼っている笠井教諭と目が合った。

「工藤さん！　ちょうどよかった。手伝ってもらえませんか」

脚立を降りた笠井は、長テーブルに乗っているA3の紙の山を示した。

「明日学園祭の当日に、この体育館の入り口で配る食券です。一人分ずつ切り分けてほしいんです」

さわやかな好青年は、人に甘えるのも上手なようだ。

児童たちにお金を持たせるのは問題がある。学園祭も基本的に児童たちへの教育の一環なので、ポップコーンも綿菓子もかき氷もえびせんも無料なのだが、経理上の出数を把握するために食券で管理するのだという。

「わかりました」

飲食店のクーポン券のように、品名と数字（値段だろうが円マークはない）がみっちり書かれた食券が几帳面に印刷されていた。

「これ、笠井先生がつくったんですか？」

「そうです。いろいろ押し付けられちゃって」

（僕と同じだ。会社でもボランティアでも便利屋扱いだからな）

自虐的に笑うと、俊介はパイプ椅子に腰掛けた。

一人分ずつ切り分け、一枚ずつ切り取りやすいように、専用のカッターでミシン目を入れる。単純で根気のいる作業だった。

ふと目を上げると、亜弥がステージから降りてきて、理香に近づいていくのが見えた。同じ制服の大群だが、早くもこの二人は特定できるようになった。

(亜弥ちゃんと理香……なんだろ。二人とも険しい顔してる……)

険しい顔というより、表情らしい表情を浮かべていなかったのだ。理香も亜弥も、俊介の前では、ほぼ笑みしか見せていないのに。

修羅場。そんな大人の世界の下世話な言葉が浮かんだ。

違和感もあった。

(理香じゃなくて、亜弥ちゃんがつかつかと話しかけてる……)

理香と亜弥で揉め事が起こるなら、なんとなく発火点になるのは理香だと思っていた。理香が突っかかり、おとなしい亜弥がいくぶん押され気味になる……。

二人は表情を浮かべないまま少しだけ話をした。むろん内容はここまで聞こえない。

そして理香が近くの友達に断ると、二人はそのまま体育館を出た。

(おいおい、体育館裏で取っ組み合いになったりしないだろうな……)

行くべきだろうか。いや、自分が行けばさらにややこしくなる可能性がある。では誰か先生にそれとなく見てもらうように言うか。

臆病者のように悩んでから、俊介は立ち上がった。

「ちょっとトイレに行ってきます」

そっと様子だけ見てみよう。よもやと思うが派手なケンカになるようなら止めに入らなければならない。

だが体育館裏に二人はいなかった。周囲を探したが、いない。「図書ボランティア」として動ける限りの施設を見て回ったが、理香と亜弥はどこにもいなかったのだ。

不安を残しつつ俊介は体育館に戻り、食券の切り取りを続けた。二人とアドレスの交換をしているが、自分から連絡するのはなんとなく憚《はばか》れた。

夜、どちらか、あるいは二人ともから連絡があると思ったが、それもなかった。

倉橋小学校の学園祭は朝八時半に受付が始まった。

案内係を示す赤い腕章をつけた俊介は、体育館に行って機械の最終チェックをした。ボランティアだが、イベント機材会社の責任もある。

小学校にしては規模の大きい学園祭は、午前九時に始まった。

児童たちや保護者、祖父母、児童たちの未就学の弟や妹、赤ちゃんを抱えた母親までが大挙して押し寄せ、にぎやかな日になりそうだった。

「俊介、おはよう！」

大きな紙コップいっぱいにスコップでポップコーンを盛っていた理香が声を掛けた。小さな子供たちで早くも行列ができている。

「大盛況だな。毎年こんなふうなのか？」

「そうだよ。あたし一年生のときから、売るほうのお姉さんに憧れてたんだ」

テンション高く笑いながら言う。サービス業らしい笑みを浮かべ、券と引き換えに小さな子供たちにてきぱきと優しくポップコーンを渡していく。

「あっちの綿菓子のほうが小さな子に人気があるんだよね。頑張らなくちゃ」

営業闘志むき出しで言う。理香は将来こんな仕事が向いているのかもしれない。それも父親の影響なのか。

（きのう亜弥ちゃんとなにがあったんだろう）

訊ける雰囲気ではなかった。理香にも、なにかあったようなそぶりはなかった。

「俊介、こっちはだいじょうぶだよ。校門の整理でも手伝ってきたら？」

なんとなく追い出されたような格好で、俊介は小学校の正門に向かった。

「一輪車隊の演武が始まります。真ん中を広く開けてくださーい！」

亜弥の声だ。俊介と同じく、腕に赤い案内係の腕章をつけ、両手でメガホンをつくって大きな声を出している。

うふふ、とこもった笑い声が印象に残っている俊介は、こんな澄んだ大声が出せるのに少し驚いた。

「あ、俊介さん、おはようございます！」

亜弥も嬉しそうに満面に笑みを浮かべた。

「もうすぐ一輪車隊がここで演武するんですけど、みんななかなか丸くなってくれなくて」

数人の高学年の子たちが、同じように声を張り上げ、正門のスペースを広く開けようと悪戦苦闘していた。

笠井教諭が、積み重ねたレッドコーンを抱えてやってきた。

「これで真ん中の空間をキープしよう。そこがステージだ」

小学生の一輪車隊が入ってくると、保護者たちギャラリーは自然に円を囲むように集まった。この日のために練習を重ねた児童たちが、小学生なりのアクロバットを演じると、保護者たちから歓声と拍手が起こった。

「亜弥ちゃんはこういうのはしないの？」

「授業でやるけど、わたしはあまり興味がないしうまくもないから」

亜弥にも、きのうの緊張のひと幕の余韻はまったくなかった。

「ね、俊介さん、休憩は何時からですか？」

「時間は決まってないよ。スキを見て勝手にとるつもり」

「じゃあわたしといっしょにお昼食べませんか？」

いいよ、と答えた。亜弥らしいいつもの見慣れた笑みだった。

「図書室の鍵は持ってます？」

「持ってる。あそこにも学園祭の備品が置かれてるからな。いきがかり上、僕が責任者みたいになってる」

「うふ、わたしは十二時半から休憩なの。その時間にそこに行っていいですか？」

「いいよ」

いつもの亜弥に戻っていてホッとはしたが、

（これを知ったら、理香がどう思うか……）

ちょっと懸念もあった。自分に好意を寄せてくれる二人の女児が同じ環境にいるのは面倒なものだ。ひとつの会社で二人のＯＬと悪さをしているようなものだ。

バタバタと忙しい時間が過ぎ、時計を見ると十二時を少し過ぎていた。にぎやかなのは嫌いではないので、多忙を極める下働きは楽しかった。

校舎の階段を上ると、途端に静謐《せいひつ》さに包まれた。学園祭のステージとして供されている教室もあったが、基本的に学校施設は入室禁止になっている。

図書室もそのひとつで、俊介は預かっている鍵で中に入った。

バニラに似た本の匂いが懐かしく感じた。

近くのコンビニで買ったおにぎりやサンドイッチ、ペットボトルの飲料や軽い惣菜などの入った袋を、児童たちが読書するテーブルに置いた。

(ここに座るのは初めてだな。こんなに座面が低かったんだ)

いつもは受付の内側の大人用の椅子に腰掛けているのでわからなかったのだ。

しばらくすると、控えめにノックの音が聞こえた。

「こんにちは」

「いらっしゃい。扉を閉めてな」

現れた亜弥は、後ろ手でそっと扉を閉めた。

「この図書室で俊介さんと二人きりって初めてですね。なんか不思議な感じ」

亜弥は、うふふ、と笑いながら近づいてきた。

「そこ、いつもわたしが座ってる席」

「お、そういえばそうだな」

気づかなかった。無意識によく亜弥が座っている席に腰掛けていたのだ。

反射的に腰を浮かしかけたが、

「いいですよ。今日はその席、貸してあげます」

亜弥は笑い、向かい側に座った。

「なに持ってきたんだよ」

「タコ焼きとえびせんとおやつにポップコーン。飲み物がないんですけど……」

「飲み物ならあるよ。コンビニで食べ物も買ってきた。食券を使わせて悪かったね」

「うふふ、うれしい。俊介さんとお食事」

幼児のようにおにぎりを両手で持って、亜弥はじつに子供らしく笑った。

(タコ焼きとポップコーン……どっちも理香の担当だ)

理香から買ったのだろうか?

「ごちそうさま」

手を合わせて言うと、亜弥は図書室の入り口にある手洗い台で手を洗った。本を汚さないよう入室前の使用が推奨されているもので、亜弥はうがいまでした。

「俊介さんも」

ある予感がして、俊介は言われた通りにした。

「俊介さん、あの……ヘンなことをお願いしてもいいですか？」

手洗いを終えて横を見ると、亜弥がすぐ横に来ていた。

「いいよ」

「うふふ」と笑いながら、亜弥は入り口の鍵を内側から回した。そして俊介の手を取り、食事をしていた席まで導く。

「ふだん座ってる席の近くのほうが落ち着くから……」

求めてもいない言い訳をもごもごと口にしてから、俊介を見上げ、制服のスカートの中に両手を入れた。

抱きついたりキスを求めてきたりするかと思っていたが、予想外の行動だった。

「ちょっ、亜弥ちゃん、なにを……」

上半身をややうつむかせた亜弥は、スカートの中でパンツに手をかけていた。まだパンツが見えることはなく、白くて華奢なふとももの大半が見えるだけだ。

「あは、全部着たままでパンツだけ脱ぐって難しいんですね……」

間をもたせようとするかのように、亜弥はぎこちなく言った。恥ずかしさの沁み込んだ口調だった。

脚を閉じたまま、白いパンツを膝まで下ろした。飾り気のない、コットンの白いパンツだった。

「……この前は、わたしが俊介さんのを舐めたから、こんどはわたしのを……してくれませんか?」

おずおずと顔を上げ、上目遣いで言った。叱られるのを覚悟して親にイタズラを報告する幼児のような言い方だ。

(フェラチオをしたから、代わりにクンニリングスをしてくれってことか?)

アダルト用語に翻訳して、頭の中で咀嚼した。

「……これをしようとして、図書室まで呼んだのかい?」

しなくていい質問をすると、亜弥は上目遣いのまま、手をそっと口に当てた。ノーコメントの意味だろうが、仕草だけは可愛らしい。

俊介はゆっくりと亜弥の前でしゃがみ、片膝をついた。

「先にパンツを脱いじゃっていいのかな。スカートをめくると、いきなり亜弥ちゃんのアソコが見えちゃうんだよ」

ほんの少しおどけた調子で言うと、

「あは、失敗だったかも……でも、いいんです」

弱気な声音ながら、一歩も引かない気持ちも伝わってきた。

「じゃあ、スカートをめくるよ。亜弥ちゃん、手をどけて」

「…………」

亜弥はスカートの裾に触れていた手を、じつに消極的に離した。

めくるにつれ、ふとももが太くなり、腰がふっくらしてくる。

（こんなミニチュアサイズなのに、女性らしい体形になってる……）

そして、性器が見えた。きれいなY字に一本線が刻まれている。理香と同じく、恥毛はなく、下腹部やふとももと同じ、あたたかい白色だった。

（こんなところで、僕は亜弥ちゃんのオマ×コを見てる！　ほんとなら、怒ってでもやめさせなきゃいけないのに……）

強い罪悪感と背徳感が頭をよぎった。理香にも同じことをしているが、深刻度は大きいように感じた。小学校の施設内で、亜弥も制服のまま、しかもふだん自分が児童たちに混じってボランティアで従事している図書室だ。

「あのっ、やっぱりムリかも。恥ずかしい……」

寒さに凍えるような震える声で言った。俊介の視線から離そうとするようにへっぴり腰になり、スカートの裾を持ってガードしようとしている。

「恥ずかしいならやめておこうか。またパンツを上げたら元通りだよ」

優しく言ったが、亜弥は翻意《ほんい》しないだろうという確信があった。このへんが自分はズルい。

「こんなこと、恥ずかしいのに無理することないと思うけど。まだ子供なん——」

「いいんです」

念を押すように言いかけたが、ちょっと強い口調で遮られた。

「亜弥ちゃん、僕がいまどんな気持ちかわかるかい？」

「俊介さんの、気持ち？」

羞恥の表情に疑問が浮かんだ。

「亜弥ちゃんが僕にこんなことをしようとしてくれて、すごくうれしいんだ。男性目線だけど、こんなにうれしいことはないんだ」

不安を浮かべたまま、亜弥はちょっとキョトンとした。

「俊介さん、喜んでくれてる……」

独り言のようにごくごく小さな声でつぶやいた。それからほんの少し、亜弥らしい笑みが戻った。その考えはなかったわ、という顔だ。

「じゃあ、ガンバル」

亜弥らしくない子供っぽい言い方だった。少し吹っ切れたのか、空気まで軽くなった気がした。

「あんまり恥ずかしかったら言ってくれ。それと、くすぐったくても大きな声を出さないように」

「………」

再びスカートの裾をつまみ、上げていった。

「亜弥ちゃん、もうちょっと腰を前に出して」

むき出しになった少女の性器が前に迫ってきた。窓から入る光で、女性器のふくらみに陰影がついていた。

俊介は吸い寄せられるように顔を寄せ、

「亜弥ちゃんのココ、信じられないぐらい可愛い……」

舌を出し、ふくらみを刻む縦線を下から舐めた。

「あんっ、俊介さんっ……！」

一瞬ピクリと身体を揺らし、腰を引いた。それから仕方なさそうに腰を前に戻す。

俊介はさりげなく手をお尻に回し、逃げられないようにした。

（お尻も、ほんとに小さい……）

小学校の制服の上からの触感だが、じかにお尻に触れるよりも背徳感は大きかった。ウェストに比べてお尻はふんわりしているのに、触れてみると厚みがなかった。亜弥の腰を挟んで俊介の顔と手が近い。それほどにスケールが小さいのだ。

「やわらかくて、おいしいよ……」

優しい褒め言葉で言ったつもりだが、我ながらひどくいやらしく聞こえた。蒸した餅を舐めているような触感だった。無毛なので肌のなめらかさがじかに伝わってくる。理香にも同じことをしていたが、罪悪感の伴う感動は少しも衰えない。

「亜弥ちゃん、もう少し脚を開いて」

亜弥はぎこちなくゆっくりと脚を開いた。パンツが膝で止まっているので肩幅が精一杯のようだ。見ると白いパンツは張り、横にしわを刻んでいた。

お尻に当てた手に力を入れ、股間を前に出す。

「ああん……俊介さんの舌、くすっ……くすぐったい」

悲鳴を抑えているような高い声だった。大きな声を出すなと言われたのが頭にあるのだ。

（肌の匂い……汗の匂いか。ああ、甘くていい匂いだ……）

大人の女性の、夏草を思わせる蒸れたような香りはなく、ただピュアな子供の肌の匂いがあるだけだった。

理香のときはシャワーを浴びた直後だったのでソープの匂いしかしなかったが、午前中忙しく動き回った亜弥の性器は、艶めかしい女性の汗の香りが漂っていた。

舌先に力を込め、陰唇を強く抉ってみると、

「んんっ！　しっ……舌をねじ込んじゃ、ダメです……」

亜弥は顎を出し、逼迫した声をあげた。

(ちょっとしょっぱい……これも動いてたからかな)

膣から染み出た淫蜜は、ほんのりと塩味がした。

小さな違和感に気づいた。

(おしっこの匂いがぜんぜんしない……？)

男子とちがい、女子は拭き取るので、どんなにていねいに処置しても、多少はおしっこの匂いが残ると思うのだが……。

「ああ……あは、立ってられなくなる。力が入らないです……」

弱々しく笑ったふりをした。声とともに膝も細かく震えていた。

「そこ、そんなにされたら、ビッ……ビリビリきちゃいます……あは、あは、おしっ

が、したくなる……」

哀れを誘うような笑い方は、尿意をごまかすための照れ隠しだったのか。

「亜弥ちゃん、おしっこはいつしたの？」

ある意味、女性に対して失礼の極みの質問だったが、

「……今朝、着替える前です。あ、着替える前のシャワーを浴びる前」

「それからしてないの？　もう四時間になるぞ」

素でこの女子小学生の身が心配になった。

「だいじょうぶです……朝ごはん、水分を控えたから……」

話題に出たせいで尿意が高まってきたのか、亜弥の声が小さいながらも緊迫感を帯びてきた。

根本的な質問をした。

「どうしてそんなことを？」

「……俊介さんにこんなことしてもらうのに、おしっこの匂いはちょっと……」

おしっこの匂いは恥ずかしいし失礼だから。そう続けたかったのだろう。

（じゃあ僕の休憩時間を訊いたときじゃなくて、朝からこんなことを考えてたのか？）

いや、考え付いたのはゆうべからかも、もしかしたら数日前からかもしれない。

見上げると、亜弥は視線を斜め下に逸らしていた。

一秒前まで想像もしていなかった考えが閃いた。

「亜弥ちゃん、ありがとう。僕のために我慢してくれてたんだね。でもこんなことしたら身体に悪いよ」

「……………」

「ねえ亜弥ちゃん、僕も亜弥ちゃんが大好きだ。ちょっと変わってるけど、どんなに亜弥ちゃんのことが好きか、証明したいと思うんだ」

「証明……？」

小学生には少し難しい言葉に、亜弥は不安を込めて小さく訊き返す。

「ここで、おしっこしてくれたら、僕がそのまま……」

亜弥が理解しやすいようにゆっくり区切っていった。おかげでひどくいやらしい声音になった。

「えっと……それって、わたしのおしっこを、俊介さんが、お口に……のん……飲んじゃう、ってこと、ですか？」

亜弥も俊介に負けないぐらい言葉を区切りながら訊いた。自分で意味を咀嚼するのに時間を要したのかもしれないし、頭がなかなか受け入れてくれないのもしれない。

「え、そんなの、ダメです……おしっこですよ？」

亜弥はなんとか笑おうとして失敗していた。

「亜弥ちゃんの身体に汚いところなんてない。どうしてもイヤならしないけど。とりあえずパンツを上げて、トイレに行ってくるかい？」

子供にとって現実的な選択肢を与えてみる。

亜弥はたっぷり三秒間ほど悩んだ。

その間、俊介は亜弥の性器に問うように、恥毛のない白い陰裂を見つめていた。

「……そんなことして、わたしのこと、キライにならないですか？」

声は弱々しいが、決然とした意思がこもっていた。もう膀胱の緊張を俊介にゆだねるつもりでいるのだ。

「ならない。もっと亜弥ちゃんのことが好きになるかも」

「もう……俊介さん、ヘンタイさんです」

小さな非難の口調ながら、亜弥の声には笑いがにじんでいた。

「……こぼれたらどうしよう」

「大丈夫。こぼさないようにしっかり口で受け止めるから」

飲むから、という生々しい言い方を慎重に避けた。

「じゃあ……」

と言いながら、亜弥は腰を前に突き出した。羞恥心にかまっていられなくなったのか。スカートをしっかりめくり上げてから、周囲を不安そうに見回した。

「大丈夫だよ。誰もここに人がいるなんて思ってない」

「そうじゃなくて……いつもの図書室でおしっこするのが、なんか不思議で……」

照れ笑いに似た困惑気味の笑みを浮かべた。

「さあ、力を抜いて……」

「あんっ！」

舐め濡らした唇を少女の性器につけると、亜弥は短い呻きをあげた。

唇と性器に隙間はない。ゆるく開いた女子小学生の性器が口にあたたかい。

(目を閉じてたら、ふつうに女の人とキスしてるみたいだ……)

つかの間そんなことを考えた。クンニリングスの経験はあってもこんなふうに思ったことはない。無毛だからこその連想だ。

「あっ、いやっ、出ちゃう……」

だが女性の唇から大量の小水が出ることはない。

じょろっ、と口の中にあたたかい液体が満ちてきた。

喉を懸命に動かし、あふれ出てきた亜弥のおしっこを嚥下《えんげ》した。

（むせ返らないようにしなきゃ……！）

おしっこは勢いを増してきたが、懸念していたほど激しくはなかった。夏場の豪快な水分補給ほどだ。それよりも、

（ああ、なんて熱いんだ……！）

強く印象に残ったのは、その熱さだった。子供の体温は高い。三十七度近い体温そのままのおしっこは、ごくごくと飲み下せるギリギリの熱いお茶のようだった。

「あん……俊介、さん……唇を、動かしちゃ、ダメ……」

高い小さな声で亜弥がつぶやくと、一定の流れだったおしっこのリズムが崩れた。こぼさすに飲もうとしているうち、唇を上下にモゴモゴと動かしていたらしい。排尿しながら、同時に性器愛撫をされている状態になっていたのだ。

やがておしっこの勢いは弱まった。最後のしずくを絞り出すように吸うと、

「やん、もう出ないです……」

と言われ、なんだか意地汚い子供になった気がした。

完全におしっこが止まると、俊介は唇を離し、陰裂と大陰唇周辺を舐め回した。

「ああん、ダメです。くすぐったい……」

「ちゃんと拭いておかなくちゃ。ここにトイレットペーパーはないんだから」

そういうと亜弥は逃げようとする動きを止めた。俊介をトイレットペーパー代わりだと認めてくれたわけだ。

「さあ、パンツを上げてあげよう」

亜弥はスカートをつまみ上げたまま、俊介のサービスに任せた。少しだけ意外に思った。「いいです。自分でやりますから」それぐらい言いそうに思ったが……。

「ホント不思議。自分の手を使わずにおしっこをしたなんて……」

亜弥は小さく「うふふ」と笑った。

「ああ、亜弥ちゃん」

俊介は立ち上がると、亜弥に顔を寄せようとしたが、

「あー、待って。そのお口でキスはしたくないです」

手のひらを俊介に向け、にこやかに言われてしまった。だがへこむ間もなく、

「俊介さぁん！」

と抱きついてきた。黒髪の女子児童を、俊介は想いを込めて抱き返す。

「うふふ、学園祭の日に俊介さんにおしっこ飲まれたなんて、一生の思い出になっち

やいます」

「楽しい思い出になるといいんだけど」

「なります！　うふふ」

小さな腕で亜弥は力を込めて抱きつく。

「さあ、そろそろ出ようか」

「はい。わたしは塾があるんで、先生に言ってもう帰るんです」

「お？　そうなんだ」

学園祭は学校教育の一環なので登校日扱いなのだが、この日に限っては登校時刻と下校時刻はかなり大目に見られていた。

「俊介さんは後片付けも手伝うんですか？」

「うん、そうだな。様子を見てからだけど。機材の様子も見たいし」

抱擁を解くと、二人は図書室の扉に向かった。

洗面台に向かいかけて、亜弥は立ち止まり、バツが悪そうに俊介を振り返った。

「あは、おしっこしたから手を洗うところだった。自分の手は使ってないのに」

変態プレイを経験した小学六年生は無邪気に笑った。

「俊介、見てー！」

学園祭も終わりに近づき、校内のあちこちで片付けの準備が始まっていた。大掛かりな看板やディスプレイの取り外しは、児童では危険なので、俊介も先生たちに混じって手伝った。

児童と保護者たちが目に見えて少なくなったころ、俊介は体育館に入った。

そこでいきなり理香に声を掛けられたのだ。近くにいた児童や先生たちは、なぜボランティアの青年を呼び捨てにするのかといぶかしげな視線を向けた。

「ほら、大盛況だよ！　こんなに儲かっちゃった」

集まった食券の束を扇形に広げ、ビラビラと揺らした。

「儲かったって、それは出数を記録するためのものだから、利益とは関係ないよ」

俊介が身もフタもない言い方をすると、「いいの！」と理香は声をあげた。

「俊介、ママから電話あった？」

「ん、なんのことだ？」

忙しくてスマホを見る余裕などなかった。見ると理香の母親から着信が二件入っていた。慌ててかけ直すと、

「忙しいところすみません。お昼前に大手のお取引さんからお電話があって、主人と

私、すぐに出掛けないといけなくなったんです。あまり遅くはならないと思うんですけど、俊介さん、ご迷惑でしょうがそれまで理香の面倒を見てやってもらえないでしょうか……」

社長夫人のご命令を断れるはずがない。そうでなくても普段からよくしてもらっているのだ。ていねいな物言いに俊介のほうが恐縮した。

「わかりました。豪華なおもてなしはできませんが、しっかり理香ちゃんを預かります。安心して、そちらのお勤めをなさってください」

どおりで途中から社長の姿を見なかったわけだ。急な知らせで慌てて飛んで帰ったのだろう。

「すみません……それと、厚かましいんですけど、もうひとつお願いが……あらためて主人からお願いすると思うんですけど……」

なんでしょう、と俊介が訊くと、理香の母親は意外なお願いをしてきた。

電話を切ると、理香がニヤニヤ笑っていた。どういう顚末《てんまつ》になるのかを知っていたような顔だ。

「というわけで、今夜ちょっと遅くまで理香を預かります」

「やったー」

理香は子供らしく両手のこぶしを振り上げた。

片付けにさらに一時間ほどかかった。ポップコーンや綿菓子の機械は、翌日の午前中に牧村社長が引き取りに来ることになっていた。

「機械はコンセントを抜くだけでいいよ。散らばったごみを片付けてくれ」

体育館が元通りの広さを取り戻しかけたころには、保護者の姿はなく、興味半分で手伝ってくれている児童たちの姿もめっきり減っていた。

「さあ、そろそろ帰ろうか」

「うん。んふふふ」

「なにがおかしいんだ?」

「だって、俊介の家に二人で帰るんだよ」

もう平成も終わったというのに、どこか昭和のニュアンスのこもる表情だった。

笠井教諭がニコニコと忙しそうに体育館に入ってきた。

「笠井先生、僕たちもそろそろ失礼します」

僕「たち」と口を滑らせたことに内心焦ったが、笠井は気づいたふうもなく、

「お疲れさまでした! 工藤さん、今日も大活躍でしたね。ありがとうございます。助かりました!」

二人並んで校舎を出た。

「こら、あんまり近づきすぎるとヘンに思われるぞ」

理香は身体が触れんばかりに近づいていた。

「んふふ、ホントは手もつなぎたいんだけど」

歩きながら理香が指先を触れさせると、「こらこら」と俊介は慌てて手を離した。

同じマンションに着き、エレベーターに乗る。降りたとき、理香は廊下の反対側に歩こうとして、すぐに戻ってきた。

「あはっ、いつもの自分の家に戻るつもりだったわ。んふふ、俊介の家で泊まるんだよね！」

「泊まるんじゃない。パパとママが迎えに来るまでだ」

「もう。ゲセワなツッコミばっかり」

理香は俊介の肩を軽くたたいた。

そして家に着く直前で立ち止まった。

「……この隣、高田の家だよね」

鍵をガチャガチャと回しながら、ふと俊介に緊張が走った。

「そうだよ」

「いま髙田、塾に行ってるんだよね？」

そうだよ、と繰り返してから、電流が走ったような衝撃を受けた。

「なんで知ってるんだ？」

互いの状況を薄々知っているいま、仲良く情報を交換しているとは思えない。それでなくとも、アウトドア派の理香と読書少女の亜弥では、ソリが合いそうにないのに。

だが理香はそれには答えず、俊介に続いて室内に入った。

「んふふ、ただいま！」

トタトタと軽い足音を立てながら、理香はダイニングに走った。

「俊介も飲む？」

勝手に冷蔵庫を開け、麦茶をコップに入れている。「もらおう」と俊介は答えた。

「小学生の制服で動かれると、違和感あるなあ」

「仕方ないじゃん。家に帰れないし、着替えもないんだから」

言ってから理香はふと思い出したように、妖しい笑みを浮かべた。

「んふ、こないだと同じだね。前はスクール水着、今日は制服。着替えは俊介のを着るしかない」

「で、ママが途中で迎えに来る」

俊介がまぜっかえしたのを無視し、理香はコップを置くと顎を引き、上目遣いで俊介に近づいてきた。

「ねえあなた、ごはんにする？　お風呂にする？　それとも、寝る？」

最後の「寝る」だけ低い声で強調した。

「どこでそんなくだらない言い方覚えたんだよ」

「動画サイト。昭和のコントでやってた」

少女は屈託なく笑った。子供らしい笑いだが、理由に難がある。

「理香はどれをしたいんだ？」

「んふふ、どれだと思う？」

「さあ、見当もつかない」

「あたし、先にお風呂入るね。出たら俊介もすぐに入って」

俊介の軽口をやはり無視して、理香は浴室に走っていった。

（理香、僕と……セックス、するつもりでいるのか？）

これまで理香と亜弥の危険な接触に付き合ってきたが、自分は本当に小学生の女の子とセックスなどする気なのか？　そんなこと、許されていいのか？

（いいはずはない……社長や奥さん、亜弥ちゃんのお母さんがこのことを知ったらど

う思うか）

それだけではない。心は早熟でも、身体はまだ十二歳なのだ。男根を挿入すればケガをする危険も大きい。

だが理香は完全にそのつもりだろう。ここで自分が大人の分別を働かせないでどうする……。

「おまたせ！　俊介も入って。早くしてくれないと、あたし風邪ひいちゃう」

俊介の中途半端なジレンマに気づく様子もなく、理香は前と同じくバスタオルを巻いた姿で出てきた。

（理香の制服だ……）

脱衣場のカゴに理香の制服と下着が入れてあった。まるでここで洗濯すると言わんばかりだ。

熱いシャワーを浴びると人心地着いた。児童たちに混じって普段しない動きをしたため、少し疲れていたか。

頭と顔と身体をざっと洗ってから、股間を念入りにソープで洗っていることに気づいた。女性と性行為の前にする動きだった……。

バスタオルを腰に巻いて出てきた。独り暮らしなのでいつもは裸のまま出てくる。

「あれ？　理香」

リビングにいなかった。予想はついた。ベッドのある部屋だ。

「俊介ー、こっち来て」

俊介のベッドに入り、片手を振って手招きした。大学時代に同い年の女性とセックスしたときと仕草が似ていると思った。しかし声圧のない女子小学生の声で言われると違和感が著しい。

「よく男性のベッドに入れるなぁ」

「んふ、俊介の匂いがするぅ」

両手で布団を持ち、顔を半分だけ出して理香は「くふふ」と笑った。父親のベッドに忍び込んだ幼い娘のようだ。

「僕も入っていいのかな？」

「いいよ。どーぞ」

理香は身体をずらして場所をあけた。

「キャー、俊介の裸！」

腰に巻いていたバスタオルを落とすと、理香は両手で顔を覆った。しかし指のあいだは隙間だらけで、股間をしっかり見つめている。

「ベッドに入ったらもうあったかいって、この家に来て初めてだよ」

自分のベッドに入るのになんとなく遠慮を覚えるのがおかしかった。

「んふふ、裸でお布団に入るって、気持ちいいね。知らなかった」

理香は布団の中で身体をもぞもぞと動かし、楽しそうに笑う。脚で掛け布団をはさんでこすっているようだ。

「理香、いまからなにをするつもりなんだ？」

うれしさを隠しきれない様子の理香に、ほんの少しまじめな声で訊いた。

「あらら、オトコとオンナがベッドにいたら、するコトはひとつなんでしょ？」

えらくスレた答え方をした。これも動画サイトなどで覚えたのだろうか。

「落ち着いて聞いてくれ。僕がいい加減な気持ちで理香にエッチなことをしてきたことは認めるよ。だけどセックスは……ホントに理香の身体が危ないんだ」

いまさらなにを言ってるの、という当惑が浮かぶが、笑みのほうが勝っている。

「それに、これははっきりと犯罪なんだ。理香が同意したかどうかは関係ないんだよ。理香はまだ小学生だからだ。たぶん理香が思ってるより、ずっと重い罪になるんだ」

「ふたつとも、簡単に解決できると思うけど」

「ん？」

「危ないと思ったら、あたしがどんなにねだっても、俊介が自分の判断で止めてくればいいじゃない。オトナなんだから。それとホーリツだけど、そんなもん、俊介とあたしが黙ってたら誰にもわからないじゃん。なにもなかったのと同じだよ」

最初から答えを用意できたはずはないのに、理香は俊介のふたつの「難問」にすらすらと答えた。

「理香……理香ちゃん」

「んふふ、去年ぐらいからずっと、俊介とこんなことするのを考えてたの。ひとりでベッドに入って落ち着かない夜もいっぱいあったんだよ。キャー恥ずかしい」

「…………」

去年というと五年生、十一歳か。もうそんな歳から、この美少女は性的な思いに囚われて悶々と夜を過ごしていたというのか。

「俊介はあたしとこんなことしたくない？　あたしのこと、そこまで好きじゃないの？」

「いや、そうじゃない。初めて見たときから、可愛い子だなって思ってた……子供離れした可愛さだなって思ってたよ」

理香は顔の大半を布団に隠し、目だけを俊介に向けて、

「でも我慢するの？　じゃああたし、何年か経って、同級生の男の子と最初のエッチするのかなぁ」

ふと、それは悔しい気がした。

「ダメだ。理香のバージンをもらうのは僕だ！」

「きゃー」

おどけた調子を残しながら、俊介は理香の上から覆い被さった。

心は決まった。いや、最初から決まっていたのだが、一線を踏み込む勇気が出なかったのだ。理香に翻意を促すような口ぶりで、じつは自分の背中を押してもらいたかったのだ。このへんが臆病者で卑劣な大人だと思う。

「ああ……しあわせ〜。俊介と裸で抱き合ってるなんて……」

理香がかすれたような高い声をあげた。いつもの聞き慣れた上から目線の声で、こんなセクシーな言い方ができるのかと少し驚く。

「理香、可愛いよ……こんなすべすべな肌触りだったんだ」

小さな背中に手を回し、せわしなくまさぐった。

（肉に厚みがぜんぜんない……）

肩からお尻までが近すぎる。女性独特の脂肪の厚みがないため、肩を撫でると鎖骨と肩甲骨がすぐ下にあるのがわかった。お尻だけはふんわりしているが、いかんせん小さい。それぞれ小ぶりのアンデスメロンぐらいのサイズでしかない。

(背も低いから、脚の先がこんなところに当たってる……)

理香のつま先が、俊介のむこうずねに触れていた。膝のすぐ下ぐらいだ。

「俊介、ヒョロッとしてると思ってたけど、意外にごつごつしてるね」

理香も裸の俊介に、これまで知らなかった発見をしたようだ。

「んふふ、俊介、かっこいいよ。最初に見たときからそう思ってた」

身体を少し起こし、仰向けにさせた理香に真上から重なり、見つめ合った。

華奢な少女に重みをかけないよう、腕と足をシーツにつけて体重を逃がす。

顔を近づけ、唇を重ねた。ちょっとだけ舌を絡ませる。舌はやはり小さくやわらかく、瑞々しい唾液で潤っていた。

(身体のどこが触れても、理香の小ささを実感するよ……)

目隠しをしていても、義務教育を受けている年代の少女だとわかるだろう。

「俊介、そろそろ……」

俊介の瞳を見つめつつ、笑みを消して言った。素の顔で見つめられたのは初めてかもしれない。

ふくらみのまったくない乳首にチュッとキスをすると、「あんっ」と理香は短く声をあげた。それから俊介は上半身を起こした。

「理香、脚を広げて」

理香はもぞもぞと言われた通りにした。やや不安が見え隠れする動きだったが、身体が軽くやわらかいため、すぐに横に百八十度開いた。

「いいか、痛かったらすぐに言うんだぞ」

理香は口に手を当てて、「ん」と答えた。手の下で顔が笑っているのがわかった。

（ここは、理香の動きを見て、僕が大人の判断をしなきゃいけない……）

痛くても言うつもりはない、という意志を固めているにちがいない。

理香に言われるまでもなく、表情や声や動きなどで、危険だと思ったら即座に中止しなければならない。自分の感情を優先するなど論外だ。

屹立したペニスの根元を持ち、仰角を下げた。

亀頭のまっすぐ先には、無毛の性器があった。肌色の大陰唇が縦に刻まれ、ピンク色の亀裂が走っている。

「んんっ！　俊介、や……優しくして……」

亀頭の先が恥裂に触れた瞬間、聞いたこともない弱気で可憐な声をあげた。

「わかってる。いけそうか？」

「ん。そのまま、ゆっくり……」

立てた膝に細心の注意を払い、腰に力を込めていく。

「ああっ……ああっ、俊介が、入ってくる……！」

未発達な小学生の女性器が、引き裂かれるように広げられ、黒っぽくて太い男性器が徐々に埋没していく。まさに犯罪が行われている光景だった。恥毛がないので、まず見た目に生々しい。

時間をかけて亀頭が入ると、輪ゴムのような小陰唇がカリに引っかかった。まるで「もう離さない」と内側からロックを掛けたかのようだった。

かすかだが、亀頭の先がなにかを突き破るような感触があった。

「いっ、いたっ……！」

理香が身体をピクリと揺らし、顎を出した。俊介は即座に動きを止める。

「どうした、大丈夫か？」

「いま、チクって痛みが……」

目を閉じ、顎を出したまま、理香はつぶやいた。眉根を深く寄せている。

「……処女膜を破ったんだ。痛むか？引き返そう」

ペニスを抜くために俊介は上半身を引きかけた。しかし、

「ダメ。そのまま、来て。だいじょうぶだから……」

「だけど」

「いいの。もう痛みは引いてるわ。最初だけだったから……」

そうして理香は無理に笑おうとした。痛みと不安の浮かべた女子小学生の顔だが、不思議に哀れさはなかった。瞳に決然とした意思がこもっていたからだ。

「じゃあ……ホントに耐えられないぐらいだったら言うんだぞ」

俊介は消極的に言った。理香に押されたかたちだ。

頼りない腰をとり、極めて慎重に腰を進めていった。

「ん……んんっ、ああ、すごい……」

「どうだ、痛みはあるか?」

「……わかんない。ちょっとあるかも……でも、それだけじゃない……」

怖い夢にうなされるように、理香は目を閉じたまま不明瞭につぶやいた。

根元を見ると、勃起ペニスの軸棒は半分ほどが埋まっていた。押し広げられた膣口に、わずかだが血がにじんでいる。

(理香、ごめん……ありがとう)

女性の痛みなど、一生経験できないが、この十二年しか生きていない少女が、懸命に自分に大切なものを捧げようとしてくれているのはわかった。

「すごい……理香のアソコに、僕のがどんどん入っていく……もうすぐだぞ」

「……………」

理香は返事をしなかったが、その表情から、ただ痛みに耐えているだけでないことはなんとなく伝わってきた。

顎を出し、口を薄く開きながら、ときおり片方の眉だけがヒクヒクと動く。

そして、二人の鼠蹊部はがっちりと触れ合った。

勃起ペニスは根元まで理香の膣に入ったのだ。

(これ、チ×ポの先、理香のおへそあたりまで届いてるんじゃないか……)

自分の男根のサイズは知っている。完全勃起を果たしたまま小さな少女に入っていることに、達成感や男性特有の征服感以上の感情を覚えてしまう。

「理香、入ったよ……最後まで」

理香はゆるゆると目を開けた。そしておずおずと両手を上げ、

「来て、俊介……」

結合部を刺激しないよう、俊介はゆっくりと上半身を倒した。

華奢な胸に身体が触れ合う寸前、理香は細い両手で俊介を抱きしめてきた。

「ああ……俊介と、くっついてる」

今度は楽しい夢でも見ているような幸福そうな声音だった。

「痛みは？」

「ほとんどない。身体にヘンなものが入ってる感覚がすごいけど」

理香らしい憎まれ口だろうが、ツッコむ気にはなれなかった。

「うれしい……俊介とつながってるのね」

聞いたこともない女の子らしい声でささやいた。

「んふ、んふふふ。くすぐったい」

理香が仔猫のようにこもった笑いをこぼした。

「どうしたんだい？」

「アソコ、俊介のお毛ケがチクチクしてくすぐったいの。あたしも何年かしたら、そんなふうになっちゃうのかな」

「……理香はずっと、このままでいてほしいな」

なにげなく言ったがすぐに失敗だと思った。

「やぁだ、それ、ロリコンさんじゃない」

理香はふと笑みを消し、

「でも、俊介が望むなら、生えてきても剃ってあげていいよ」

「おいおい」

俊介のアブノーマルなつぶやきに、理香は真摯に答えてくれる。

「ね、俊介、キスして……」

俊介はゆっくりと顔を落とし、唇を重ねた。薄目を開けて見ると、小さな顔の輪郭が狭い視野にすっかり収まってしまう……。

(この姿勢、ちょっと苦しいな……)

唇と性器が結合しているので、身長差から、俊介はいくぶん猫背にしなければならなかった。

唇を離すと、理香は文字通り息のかかる距離で俊介をまともに見つめ、

「でも、俊介が一番いい気持にならないと、出ないんでしょ……せーし」

「そうだけど……かなり激しく動かないと出ないよ。やっぱり理香にはまだ――」

理香にはまだ早いから、このへんで満足して今日は引き返そう、そんな中途半端な言葉が出そうになったのを、理香が遮った。

「あたしはだいじょうぶだよ。ぜんぜん平気」

ぜんぜん平気ではなさそうな表情で言った。

「異物感だけじゃないの。なんか……すごくヘンな気持ちで」

性的な気持ちよさも大きいということか？

逃がさないわよ、というように、理香は俊介の腕をつかんでいた。

「……わかった。でもあんまり痛かったら──」

「それもう聞き飽きた。いいからやって」

「………」

訊き慣れた理香のせっかちな口調だった。

また上半身を起こし、小さな腰をしっかりつかんだ。意識を性器の結合部に戻す。

ゆっくりとペニスを抜いていった。多少の血のついた黒っぽいペニスが出てくる。

「あっ……俊介が、出ていく……」

途端に理香は顎を出し、目を閉じた。つぶやきに不安がこもっていた。人ごみの中で母親とはぐれた幼児のような口調だった。

八割がたペニスが露出し、カリで膣口が引っかかると動きを止めた。

「また入れていくぞ……」

慎重に男根を埋没させていく。最初のときのような息の止まるほどの緊張感はなかったが、それでも未発達な小学生の女児なのだ。目を細めて理香の顔と性器に注意を払った。

(セックスするのにこんなに気を遣ったのは初めてだよ……)

これまで経験した女性の約半分の年齢だ。

「ああ、しゅんすけぇ……」

整った幼い顔立ちには、見慣れた小悪魔のような表情はなかった。女性らしい未体験の不安と、子供らしい恐れが浮かんでいる。そして瞳の奥に、まごうことなき女の歓びが見え隠れしていた。

ズンッ、とペニスの先がやわらかいものに触れた。理香の子宮口を突いたのだ。その瞬間、理香が「んっ」と顎を出して呻いた。

「どうだ？」

「んんっ……お腹の中に、自分のじゃないなにかが入ってる感じ……」

そのまんまだろ、などとツッコミはしない。

「この調子で動いても大丈夫か？」

「いける……と思う。もしダメだったら言うから。いけると思うけど……」

初めて弱気な口調になった。

ペニスを抜き、ゆっくり引いていく。

「くっ……理香のアソコ、すごく締め付けてる……」

歯を食いしばって言った。最初の挿入のときは、俊介も緊張していて官能を享受するゆとりなどなかったが、ゆっくりと数回ピストンすると、少女の狭さが実感として湧いてきた。

「苦しいの、俊介……?」

余裕などないはずなのに、心配そうに少し首をもたげて訊いてきた。ふだんイジワルばかりしつつも、このへんに根の優しいところが現れている。

「いや、逆……すごく気持ちいいんだ」

なあんだ、というように安心して頭をシーツに落とした。

「なあ、もうちょっとスピードを上げてもいいかな?」

「……いいよん」

ここで軽口が叩けるのはあっぱれだ。

「ああっ……すごい、俊介のが、出たり入ったりしてる……」

全身の神経が性器に集中しているのだろう。ペニスの往復運動が速まり、リズムがついてくると、理香は次第に息を荒げてきた。

「あんっ！　しゅん……俊介、なんだか、あたし……ああんっ！」

声が逼迫してきた。理香は顔を横にそむけ、肩をすくめてこぶしを口にやっていた。

羞恥に耐えているようにも見え、寒さに凍えているようにも見える。

（胸がまったく揺れない……当たり前だけど）

リズミカルなピストンで、仰向けの理香も上下に揺れているのに、当然あるはずの胸の揺れがまったくないのだ。貧乳や微乳でも多少はあるのに。

（小学六年生……ランドセルを背負う子に、僕はこんなことしてる……）

良心を通して、全身の五感が俊介の罪状を責め立ててくる。しかし背徳感は暗い悦楽となり、さらにペニスを硬化させた。

「んんっ！　なんか、おかしくなっちゃうっ！　ああっ、しゅん、しゅんすけぇ！」

目を閉じたまま、理香はほとんど絶叫していた。声圧のない子供の悲鳴は、大人以上の緊迫感を周囲に醸す。

「理香っ、もうすぐ、出そうだっ……！」

ふつうなら射精に向けて感情をコントロールするのだが、罪悪感に背中を押され、性感の高まりは急角度をつけていた。下り坂に向けてアクセルいっぱいに踏み込んでいる気分だった。子供に怪我をさせないよう、射精を急ぐ意図もあったが。

「んまっ！　待ってっ！　俊介、止めてっ！」

嬌声混じりなのに、いつもの上から目線の命令口調で言ってきた。

「えっ？　止める……えっ？」

意味がわからないまま、俊介はピストンのスピードを緩め、そして止めた。

慎重にペニスを抜き去ると、弾みでビンッと上を向いた。

ない胸を苦しそうに上下させていた理香は、ゆっくり目を開けると、

「……どんなふうにつながってるのか、自分で見てみたいんだけど……」

息を切らしながら、理香は恥ずかしそうに言った。

（ちょっ……もうすぐ出そうだったのに……）

心の中で愚痴をこぼしてから、自分におかしくなって笑いが漏れそうになった。

（経験豊富な女性に遊ばれてる童貞男みたいだ……）

幼い美少女が、射精を急ぐ男性を巧みに焦らす小悪魔に見えてくる。

先日のフェラチオ未遂のことを思い出す。理香は焦らしの天才なのかもしれない。

「じゃあ、僕が寝るから、理香が上から乗ってくるか？」

「えっと、どうやって……？」

理香は場所を譲り、俊介が仰向けに寝た。そうして両手を上に差し出す。

（焦らしの天才でも、体位はまったく知らないんだ）

まあ当然だ。

「いまの格好で、俊介とあたしが入れ替わるわけ？」

「近いけどちがう。僕がまっすぐ寝るから、理香は僕に跨って、上半身を立てたままゆっくり腰を落としてくるんだ。そしたら理香もくっついてるところが見えるだろ」

ＡＶなどでみる女性上位の姿勢だ。

「すごいガニ股になっちゃうね……ママに怒られちゃう」

「ん？　どうして」

「女の子が膝を広げてしゃがんじゃいけません、って言ってるから」

「ベッドの上ではそうなるんだよ。どんな女の人もね」

「………」

俊介の腰を跨ぎ、膝を外側に広げて腰を落としてきた。両手はやはり乳幼児のようにＷの形にしていたが、これは不安の表れかもしれない。

「このまましゃがめばいいの……？」

おそろしく中途半端な姿勢で訊いてきた。

「そうだよ。ほら、僕がこうやってチ×ポを立ててるから」

俊介はペニスの根元を持ち、垂直に立てていた。「チ×ポって言うな」と、口の形でやっとわかるぐらい小さな声で理香はツッコんだ。

「んあっ……俊介のが、当たった……」

ペニスの頂点が理香の膣口に触れると、理香は顎を出し、動きを止めた。

「そう……ここだ。理香、少しずつ腰を落としてごらん。ゆっくり入っていくから」

ペニスの先を微調整し、まっすぐ少女の膣道に当てる。

「んんっ、んはっ……入ってる。俊介のが……」

つらい治療に耐えるように強く目を閉じながら、理香はゆっくりと上半身を落としてきた。自分で挿入をコントロールしていることに戸惑いを隠せないようだ。

「自分で見るんじゃないのかい？」

言われて初めて気づいたかのように、理香はおそるおそる視線を下に向けた。

「ほんとだ……あたしの中に、俊介のが入っていく。なんかグロォ……」

小学生らしい正直すぎる感想に。俊介は苦笑を浮かべた。

「あたしのアソコ、こんなに開くんだ……」

どこか他人事のような口調で、かすれた高い声を漏らした。

「俊介はどう？　どんな気分なの」

「すごく気持ちいい……そのまま、最後まで……お尻がくっつくまで」

俊介の声も上擦っていた。腹筋に無駄に力が入っている。

女性の姿勢によって、男性器の感触も大きくちがってくる。両足を広げ、お腹が圧迫されているので、挿入されていくペニスも、最初よりも締め付けがキツかった。

「理香のアソコの中、すごくねっとりしてて……すごく僕を歓迎してくれてる」

理香は返事もしなかった。膣の感触と腰の動きに全神経を集めているのだ。

「んんんっ！ 俊介のアレが、いっぱい、入ってる……！」

俊介の鼠蹊部に、理香のお尻が乗ってきた。同時にペニスの先が子宮口を突く。亀頭が喉元にまで来たかのように、理香は顎を出した。

「理香、全部入ったよ。ほら、根元までずっぽりだ……」

理香は結合部に目を向けた。見やすいように、ほんの少し腰を前に出そうとしている。Wの字にした両手の揺れに動揺が表れていた。

「ほんとだ……俊介の長いのが、あたしの中に入ってる……」

不思議そうにかすれた声を漏らした。

(これで理香の上半身の重み全部なのか？)

素で疑問に思った。両足で体重を逃がしているにしても、軽すぎる。

（お尻も小さすぎる……尖ってるみたいだ）

鼠蹊部に触れる理香のお尻は肉厚がなく、ペニスの両脇を強く押されているような感覚だった。

「じゃあ理香のほうが動いてごらん」

「え、どうやって……」

俊介に救いを求めるように、不安も露わな視線を向けた。

「さっきと同じ動きをするんだ。上下に動くんだよ。こうやって」

「えっ、ちょっ……んあんっ！」

理香の細い腰を両手にとると、軽く上下に動かした。ペニスの挿入は浅くなったり深くなったりする。

（オナホって、こんな感じなのかな……）

唐突に、ホールド式のオナホが頭に浮かんだ。使ったことはないが、形状と使い方は知っている。寝転んでペニスに被せ、上下にこすったらこんな感じだろうかと想像してしまったのだ。理香の身体があまりにも小さく軽いために、そんな失礼な思いが浮かんだ。

「そう……そうだよ。自分で動くと、チ×ポの刺激が調整できるだろ」

俊介の腕に導かれつつ、理香は自分でも上半身を動かしていた。俊介は自分の受ける気持ちよさが出すぎてしまわないよう、指導者のような口調を意識した。

「ああんっ……俊介のが、あたしの中で暴れてる……」

苦悶に似た表情に、切ないオンナの歓びが混じっていた。

ほとんど無意識に乳房を揉もうとして、両手を胸にやったが、当然下敷きのような胸があるだけだった。だが効果はあった。

「やんっ！　しゅんす――」

悩ましく腰を上下させたまま、理香は言葉を続けることができなかった。

白い胸に触れた瞬間、なめらかだった肌が鳥肌を立たせ、ざらついた。

（無乳でもやっぱり感じるのか。やっぱり女性なんだな……）

妙なところで感心した。

「俊介の手、大きくてあったかい……」

首の座らない赤子のように頭を揺らしながら、理香は自分の手を重ねてきた。理香の手は小さく冷たく、汗ばんでいた。

「理香、お尻をすっかり落として、グルグル回すのはどうだ」

自分から上半身の体重を落としてしまうと、理香は「うんん……」と呻いて一瞬だけ目を閉じた。自由意思でペニスを最奥に届けたのだ。

「こうやって、グルグル……ああっ、ああんっ！」

華奢なお尻を、石臼のように回すと、少女は高い声をあげた。手に負えないオナニー法を見つけたかのようだ。

「これ、俊介のアレが、あたしの中で回ってる……すごい。ああぁっ！」

俊介の腹に小さな両手を置き、理香ははしたなく腰を回す。

「理香っ、僕も、気持ちいい……！」

「あはっ、俊介、すごく情けない顔してる……んんっ！」

「理香もおんなじだよっ、あああ……」

憎まれ口を利こうとして失敗した理香だったが、腰を回したり、ときどき上下の動きに戻したりと、すぐにコツを身につけた。

「理香、僕も動いていいかい？」

「え？ どういう……ああんっ！ あああっ、だめぇ！」

俊介が腰を下から突き上げると、理香は今日一番大きな声をあげた。

「ああっ、俊介、ダメ！ あたし、あたし……あああっ！」

数回激しいピストンで下から突き上げると、理香は根を上げたように調子の狂った声を出した。

少しテンポを抑えながら、

「理香、そろそろ、ほんとに出そうなんだけど……」

理香も動きを止め、じっと俊介を見つめた。そうして、

「……抱っこして、出せる？」

泣く寸前の子供のような顔で訊いてきた。

俊介が両手を差し出すと、理香はゆっくりと上半身を落としてきた。

「はああ……しゅんすけぇ」

裸の少女の身体は、やはり不安を覚えるぐらい軽い。

「んんっ、俊介、出るときって、あたしわかるのかな？」

抱き合ったまま、少しずつピストンを始めていく。

ピストンで声を割らせながら理香は甘えたような口調で訊いてきた。

「わかる人とそうじゃない人がいるみたいだな」

「んふ、あたしはどっちだろ」

徐々にピストンを速めていった。

「あああ、アソコが、熱い……んんっ、んあああっ！」

「理香、もうすぐ……もうすぐ、出るよっ！」

俊介の声も逼迫してきた。

「俊介、あたしのこと、好き？」

「ああ、大好きだよ、理香」

「あたしは二年前から大好きだったんだから！」

理香は大きな声をあげ、強く抱きついてきた。俊介も抱き返す。抱いても自分の指先が反対側の自分に届いてしまう。

「ああっ！　理香っ、出るっ！」

「俊介、キスして！　キスしながら……！」

丸めた唇を小さな唇にぶつけ、強く吸いつつ、小さな身体に精液を射ち放った。最初の一撃目が出たとき、抱きしめている理香の身体がビクンッ、と硬くなった。

「んあああっ！　りっ、理香ぁ！」

「いやっ!?　ああっ！　熱いのが、来てるっ！　あああ、あああっ！」

二人とも絶叫していた。

唇と性器が結合しているので、姿勢的にはツラい射精だったが、ほとんど気にもならなかった。背徳感と罪悪感に包まれ、童貞喪失以来の（もしかしたらそれ以上の）

強い快感を伴う射精だった。

「んっ！　んんっ！　んあんっ！　んんんっ……！」

精液を打ち据えるたび、理香は深く眉根を寄せ、苦しそうに短い声をあげた。

打ち終えても、二人は息を荒げたまま強く抱き合っていた。

「理香の中に、出しちゃったよ……」

達成感とともに、コトの重大さを意識しながら、俊介はつぶやいた。

「んふ、うれしい。ずっと俊介が好きだったから……」

まったく意外なことに、理香は鼻を赤くして目を潤ませていた。

「……おいおい、泣くなよ……理香の泣いた顔なんて初めて見たぞ」

「んふふ、そりゃ俊介といるときって、家族といっしょの楽しいときだけだもん。あたしほんとは泣き虫だよ。パパもママも知ってるよ」

「………」

では僕はパパやママと同じぐらい大事な人になったわけか。後頭部を長い黒髪に沿って撫でてやった。そのまま背中まで手を滑らせたが、お尻までが近すぎるとあらためて感じた。

目が合うと、同時に顔を寄せ、チュッ、と軽くキスをした。

「抜くぞ」

「ん」

ゆっくりと腰を引いていき、ペニスを抜いていった。

「ああ……俊介が、出ていく……」

理香は顎を出し、官能の終わりを惜しむようにつぶやいた。

抜け切るとき、理香は「んんっ！」と呻いた。

俊介から降り、シーツの上に横たわると、理香はふとももをもぞもぞと動かした。

「ああん、まだ俊介のが残ってるみたい……」

困ったような笑みを浮かべ、肩をすくめて身をよじらせている。

（昼間は図書室で亜弥ちゃんにクンニリングスと飲尿プレイまでして、いま理香と処女セックスした……。僕にとってもすごい学園祭だ）

俊介はふと、社長夫人に電話で言われたことを思い出した。

「なあ、さっき、学園祭の終わりごろ、電話で理香のママに言われたことだけど……」

きょうはいろいろな意味で忙しく、落ち着いて考える時間がなかなかない。

「理香のパパに、明後日キャンプに誘われてたんだけど、社長は用事でいけなくなったそうなんだ。それで僕に代わりに行ってくれって言われたんだけど……」

「そう。本格的なキャンピングカーをレンタルしたんだけど、どうしても外せない急用ができたんだって。パパ、すっげぇ悔しがってた。今日も急なお仕事で呼び出されちゃったし。カワイソ」

「キャンセル料をケチるような人じゃないんだけどなあ」

んふふふ、と理香はじつに彼女らしい笑みを浮かべると、

「キャンセルするつもりだったんだよ。でもあたしが反対したの」

「……なんで?」

「だって、どーしても俊介といっしょに行きたかったんだもん」

「………」

では社長に、気持ちだけでもレンタル料のいくらかを渡す用意が必要だろう。たぶん受け取ってはくれないだろうが。

「ママは?」

「当然パパといっしょに行くよ。おかしいじゃない。俊介とママとあたしの三人でキャンプなんて」

それもそうだ。

（理香と二人でキャンプ……新婚旅行みたいなつもりなのかな）

理香はゆっくりとベッドから立ち上がった。

「もうこんな時間。そろそろママが迎えに来るわ」

白いパンツを穿き、小学校の制服姿に戻った。

呼び鈴が鳴ったのは、俊介も服を着終えたときだった。

「俊介さん、何度もすみません。もうお詫びのしようもないわ」

理香の母が弱り切った苦笑いを浮かべて玄関に現れた。

「かまわないよ。俊介なんて、うちの家族も同然なんだから」

「あなたが言うことじゃないでしょう」

理香の母はちょっと険しい声を出したが、

「いいんですよ。理香ちゃんは僕のセリフを代弁してくれてるんです」

立場上は副社長なのに気取ったところのない母親は、少し安心したように笑みを浮かべて小さく頭を下げた。

「それと明後日のキャンプの件でも、うちの人が無理を言いまして……」

「僕こそいいんですか？　タダ乗りみたいな感じですけど」

「いいえ、行っていただけると助かるんです。この子が納得しないので」

ほらね、という表情で理香は俊介を見上げた。

「あー、それと俊介……さん」

理香が付け加えるように言った。

「あたしの友達を一人誘ってもいいかな？　三人でキャンプってことで」

意外な言葉に驚いた。どう考えても二人きりを望んでいると思ったのに。

「いいよ、もちろん。社長令嬢の言葉を断れるはずはない。その子の家のひとには了解をとったのかい？」

「うん。その子も楽しみにしてるよ」

プール開放のとき、いっしょに水の中で遊んでいた数人の女児の顔を思い浮かべる。

あの中の誰かだろうか。

礼を言って親子が出ていこうとすると、理香がトトトッ、と戻ってきた。

「んふ、俊介のが、ドロッと出てきた……すぐお風呂に入る」

手を口に当て、小声で言うと、また出ていった。

第五章　小悪魔たちの禁断ハーレム

快晴の朝を迎えた。車中泊を挟んでの一泊二日の旅行だった。

準備は前日に終えていて、朝八時に荷物を持ってマンションの駐車場に向かった。

（ほんとにキャンピングカーだな。慎重に運転しないと……）

社長がレンタルしたキャンピングカーの仕様は前日に確認していた。

大型のミニバンに専用のキャビンがついた仕様で、普通免許で運転できるものだった。運転席のうえにもキャビンの一部がはみ出している。

社長の牧村が悔しそうな笑みを浮かべてやってきた。

「社長！　おはようございます」

「すまんが子供たちの世話を頼むな。うちの理香のやつ、友達も連れていきたいといったそうだな」

「僕は別に何人でもかまいません。社長は残念でしたね」

「ああ、これから大きな商談なんだ。こっちはあきらめかけてたんだが、急に向こうの気が変わったらしい。チャンスに後ろ髪はないからな」

「理香ちゃんたちを連れて、無事に社長の代わりを務めてきますよ」

「飲料水は満タン、ガソリンも満タン、充電もばっちりだ。気をつけて行ってくれよ。帰ったら報告を聞かせてくれ」

「おはよー！」

理香の大きな声で二人は振り向いた。いっしょの母親は俊介と目が合うなり頭を下げた。

「おう理香、俊介をあまり困らせるんじゃないぞ」

「だいじょうぶ！　ぬいぐるみみたいにおとなしくしてるから」

白地のセーラールックのワンピースで、ミニスカートの様になった裾がひらひらと軽そうだ。

ロングの黒髪はポニーテールにしてまとめている。

「理香ちゃん、お友達はもう来るのかい？」

「もう来ると思う……あっ！　来たよ」

理香につられて目をやると、女の子と母親がいた。

頭を殴られたような衝撃を受けた。

「亜弥ちゃん？」

「んふふ、驚きました？」

イタズラが成功したような笑みと、少々バツが悪そうな笑みの両方を浮かべて、高田亜弥は俊介を見つめた。赤白縞のデザインTシャツに、白いティアードスカートで、こちらも丈は短い。

「おはようございます。みなさん、お世話になります」

亜弥の母親が、俊介と理香の父親を意識しながら全員に言った。

「うふふ、俊介さん、目も口もぽっかり開けてる」

理香の言う友達とは、亜弥のことだったのか。しかし、

（この二人、どう考えてもソリが合いそうにないし、そもそも僕とのことをお互いが知ってそうだし……）

「モテモテだな、俊介。責任重大だが、頼んだぞ。君たちが楽しんでくれたら、俺の悔しさもナンボか紛れるというもんだ」

社長の豪快な言葉に、俊介はパニックを抑えて表面上だけ繕った。

「……わかりました。保護者兼、ドライバー兼、ドレイを務めてまいります」

俊介は少女たちを交互に見た。ひとつの視界に理香と亜弥が並んで収まっているのは不思議な印象だった。

「君たち、その……」

「んふふ、俊介、出発してからいろいろ話そうよ」

親たちのいないところで説明する、ということか。

俊介はキャンピングカーに乗り込んだ。

「うわー、すごい。家の中みたいじゃん！」

「おじゃまします……ホントだ。車の中にキッチンまである」

理香と亜弥が乗り込むと、喜びをにじませながら声を弾ませた。

それぞれの母親からくどいほど頭を下げられつつ、車を出発させた。

ばいばーい、と少女たちは元気に親たちに手を振った。

「すごいよ、このシンクで調理できるんだ。収納にまな板も包丁もある！」

「このソファ、フカフカ！　応接室みたい」

「見てよ。トイレだ！　洗面台もある」

少女たちはテンション高く、やかましく感動していた。

「まな板とか包丁は社長の自前だよ。理香、見覚えがあるだろ？　そのソファは可動式だよ。寝るときは広げるとフルフラットになるんだ。トイレは原則使わない。タンクの掃除がたいへんだからな。道の駅かコンビニかキャンプ場のを借りる」

俊介も大急ぎで勉強した内容を伝えた。

走り出して二十分ほどすぎ、少女たちの興奮がやや引いた頃合いをみて、俊介は小さく咳払いした。

「なあ君たち、教室でも仲が良かったのか？」

キャンプに誘うぐらいに？

「んふふ、びっくりしたでしょ？　俊介を驚かそうと思って、名前を出さないで黙ってたの」

「わたしも図書室で俊介さんに言いたくてたまらなかったわ」

理香とセックスしたときと、亜弥に図書室でクンニリングスしたときか……。

「別に仲良くも悪くもなかったよ。ただクラスがいっしょなだけ。学園祭の前の日まではね」

「ね」

「なに俊介とうれしそうに話してんのよ、この子、って、思ってたの」

「わたしも」

「で、訊いたらいつも図書室で俊介と仲良くしてるんだって。びっくりしたわよ」

「わたしだって。俊介さんの会社の社長の娘って聞いて、ゼッボーしそうになった」

「それを、いつ……お互いに知ったんだ？」

なにか薄氷を踏む思いで訊いた。

「学園祭の前の日の準備のあと。あたしが髙田に呼び出されたの。最初ブッコロされるのかと思った」

「牧村さんだって、すごい怖い顔してたよ」

それからそれからそれから？　俊介ははやる心を抑えて無言で先を促した。

「で、聞いてびっくり！　あたしと髙田、どっちも俊介が好きで、ちょっとエッチなことしてたって知って。ヘンな話、髙田を少し見直したわよ」

「わたしは牧村さんの話を聞いて、スケベなひとー、って思った」

「なんなの、コイツ」

二人は見つめ合ってキャーキャー笑った。

「牧村さん」と「髙田」、呼び方にちがいがあっても、教室内でのヒエラルキーに差異はないようだ。

「それで？」

目だけは運転に集中しつつ、かすれた声で訊いた。ふつうなら二股男として二人から糾弾されるところだ。あるいは二人の少女のあいだで修羅場が起こるか。

「わたしたち、話し合ったの。二人で俊介をシェアできないかって」

シェア？　また意外な言葉が出たが……。

「わたしたち、ふつうに考えて俊介さんとお付き合いできるわけじゃないでしょう？　恋愛ごっこしながら、エッチなことも教えてもらってる感じ。だったら牧村さんと二人で俊介さんを共有して、情報を交換するのはどうかって」

「そー。俊介は、あたしたちが将来男の子と付き合うための練習台ってこと」

「…………」

ずいぶんな解釈に思えたが、しかしむろん、俊介に倫理的に二人の少女を責める資格はない。

「……僕はてっきり、連れてくる友達って、プールでいっしょにはしゃいでた子の誰かかと思ってた」

「あの子たちに俊介とのことを言えるワケないじゃん」

「…………」

高速道路に乗った。頭の中をかき回されたぐらいに驚いているが、運転は別だ。

「俊介とのことを言えるのは、この世で髙田だけだもん」

「わたしも、ほんとは誰かに自慢したかったのかも。俊介さんとのこと……」

それで二人のあいだに、紳士協定ならぬ少女協定が結ばれたということか……。

「見て、髙田。俊介の背中、ショックから立ち直ったら、いやらしいオーラが出てる。あたしたち二人が同時にいるんだもんね」

「ほんとだ。わたしたち、どこへ連れていかれるのかしら」

理香と亜弥はケラケラと笑った。

少女たちの言葉に暗示にかかったように、徐々にショックが引いていった。

「理香、僕と二人きりになりたいと思ってたから、友達を誘いたいって聞いてヘンだと感じたんだ」

「聞いた、髙田？　エラソーなこと言ってる」

「ほんと。俊介さん、すごいナマイキ」

どちらかの少女と二人だけだと素直なのに、二人がいっしょになると、途端にスクラムを組んで俊介の攻撃にまわる。これも女子小学生の特性なのだろうか。

「車でソファに座るってヘンな感じだね。横向きに乗ってるのも初めて」

「そうね。電車に乗ってる感じに近いかな」

並んでソファに腰掛けた二人の少女は、むき出しの足をプラプラさせていた。

「ねえ、いまどのへん？　ずいぶん走ってるね」

「もうすぐ高速を降りるよ。そこで食料の買い出しだ」

「今夜はこの車で寝るんですね？」

「そうだよ。目的地に着いたら車の横でバーベキューして、ここで三人で寝るんだ」

「牧村さんはこんなことよくしてるの？」

「うん！　たいてい俊介もいっしょだよ」

「へえ、うらやましい……」

「こんど髙田も誘ってあげるよ」

亜弥は声に出さずに、嬉しそうに笑った。麗しい友情が芽生えはじめたらしい。

郊外の大型スーパーで車を停めた。

「髙田、田舎のスーパーやコンビニの、ひと目でわかる特徴ってなんだかわかる？」

「わかんない。なんだろ？」

「駐車場がむやみと広いこと」

大きなカートを押しながら、肉や野菜、ドリンクやお菓子などを大量に買った。

「うふふ、楽しい。ワクワクワクワクしてきた」

「一回多いよ、髙田」

「それだけ楽しいってこと」

車を出し、キャンプ場に向かった。

車を直接乗り入れ、そのままバーベキューと車内泊ができる施設だった。専用のグリルや洗い場があり、トイレ、シャワーもある。

「シャワーもあるんだ。車で寝るって聞いて、ちょっと心配してたの」

「焼き肉の匂いがする。もうあちこちで始まってるね」

車を降りると、肉の焼ける香ばしい匂いが風に流れてきた。広い会場にワゴン車やキャンピングカーがいくつもあり、にぎやかにバーベキューが始まっていた。

親子連れのグループが半分、あとは学生風の男女、壮年の元ヤンらしいグループもあった。

大学生らしい一群の若い女性が、俊介たちを見ていた。

「ね、あたしたちってどう見えるのかな？　親子じゃないし」

「またかよ。カンベンしてくれ。僕に子供がいても、零才か一歳だ」

「歳の離れたお兄さんの子供を預かった弟、ってどうかな？」

「そんなとこだね。兄妹でもヘンだし、先生と児童もアブナイし」

デリケートな話を大声で嬉しそうに話す少女たちに冷や汗を流しつつ、俊介はてきぱきと焼き肉の準備を始めた。社長の牧村に付き合うようになってコツを覚え、手際がよくなっている。

「理香、チャコールをとってくれ。口の空いた箱から使ってくれよ」

車の脇にテーブルとチェアを用意しながら指示を出す。

「わかった。髙田はテーブルの上に紙コップとか皿とか飲み物を並べといて」

不慣れな亜弥に理香も指示を飛ばした。

サイドテーブルにまな板を置き、理香が肉や野菜を小さめの包丁で切り分けた。

「へえ、こんなとこでお料理するのって、不思議……」

「髙田、切った食材をスキュアに刺して。そこの鉄串。ケガしないでね」

先輩ヅラはじつに理香のキャラに合っていた。

食材が焼けはじめると亜弥が紙コップに飲み物を注ぎ、おのおの紙皿に料理をとっていった。

「髙田、楽しそうだね」

「うん、すごく楽しい！　こんな夏休み初めて。うふふ」

焼けたトウモロコシに苦戦しながら、亜弥は子供らしく頰を膨らませて笑った。

「どっちが？　俊介といることと、バーベキューしてること」

亜弥は「んー」と考えてから、

「この三人でこんなとこでお食事をしてること、かな」

食事を終えると、理香は率先して片付けに掛かった。いつもなら逃げることばかり考えているのに、と俊介は苦笑を漏らす。

「ねえ俊介、あっちで遊んできてもいい？」

子供連れの客たちのために、滑り台や昇り棒、竹馬などが用意されていた。

「いいよ。ケガするなよ。僕はちょっとひと眠りしてるから」

いつも運転する社長の牧村の動きに倣《なら》ったのだ。

少女たちが上機嫌に話しながら戻ってくる声で俊介も仮眠から目覚めた。

「おかえり。楽しかったか？」

「うん。とっても！」

「髙田って、竹馬うまいんだよ。びっくりした」

「牧村さんだって、昇り棒をスルスル昇ってたじゃない。赤ちゃんを抱いたお母さんが感心してたよ。お猿さんみたいだって」

「あー、バカにした!」

少女たちはケラケラと笑い合う。

理香のワンピースも亜弥のティアードスカートも丈が短い。竹馬も昇り棒も危ないんじゃないか、と俊介は思った。

「ねえ、なんか車、減ってきたね。みんなここで車中泊するんじゃないの?」

「バーベキューはいいけど、真夏は車中泊に向かないんだ。暑すぎるからな」

「この車は……」

「理香のパパが予備の発電機を用意してくれたからバッチリだよ」

「まだ明るいけど、もう七時なんですね」

テーブルと椅子は車の横に出したままで、三人は飲み物を用意して腰掛けた。

「ねえ、髙田の親って、どうして離婚したの?」

「こら、理香!」

子供は基本無神経な生き物だが、この質問はさすがに直球すぎる。

「性格の不一致だって。わたし、ほんとはママちょっと勝手だと思うの。パパについていってもよかった」

「………」

「パパとは会ってるの？」

「うん。そこは取り決めで自由なんだって。禁止されてても、会いに行くけど」

「あー、二人とも、そういうデリケートな話は、あまりおおっぴらにしないほうがいいと思うぞ」

二人の少女は、合わせたように俊介を見つめた。

「おおっぴらじゃないですよ。この三人だから話したの」

「そうだよ。この三人なら、絶対に秘密が漏れることないじゃん」

「………」

窓の外を見た理香が、

「ね、そろそろ暗くなったね。花火やろうよ！」

理香と亜弥はシート下の収納から、用意していた花火を出した。

周囲を見渡した理香が、

「なんかあたしたちだけになっちゃったね。外に出るとちょっと怖いね……」

車中泊するのはどうやら自分たちだけらしい。

「ね、見て！　すごい星」

亜弥につられて見上げてみると、東京では望めない満天の星空があった。

「へえ、星ってこんなにたくさんあるんだ……」

「うふふ、地球上の海岸線の全部の砂粒よりも多いんだよ」

亜弥が読書家らしい豆知識を披露した。

水を張ったバケツを用意し、花火を始めた。

暗い草むらで少女たちはしゃがみ、手に手に花火を持つ。非日常的な光に照らされた少女たちの顔は幻想的な美しさだった。

(これが女子大生とかなら、遠慮なく楽しめたんだろうけどなあ……)

成人女性二人なら、良心の呵責《かしゃく》なしに「このあと」に期待できただろう。保護者替わりなどではなく。

「なあ、裾が短いんだから、しゃがむときちょっと気をつけたほうがいいと思うぞ」

短いワンピースやミニスカートの裾を気にしないで座っているので、白いパンツが丸見えだった。闇の中で花火の光を受け、白いふともも白いパンツが明滅している。裸体や小学校の制服姿とは別種の猥褻さがあった。

「俊介、さっきの話、聞いてなかったの？」

「ん？」

「この三人だからだよ。パパやママがいてもこんなことしないよ。ね、髙田」

「ね」

自分にだけはすっかり気を許しているということか。ある意味、親以上の信頼を得て、喜ぶべきなのだろうか……。

「じゃあもう少し脚を開いてくれると僕はウレシイかもしれない」

わざとそんなことを言ってみたら、

「イヤよ。火花が脚に飛んだら怖いじゃない」

少女たちに淫らな挑発の意図はないらしい。どこまでも自然体で俊介に気を許しているだけだ。

二人ともパンツは白系統だった。姿勢的に股間は少しもっこりしているようだが、コットンらしいしわが寄っているので奥まではわかりにくい。

最後は定石通り線香花火で、儚げな光の終わりとともに、しめやかに終わった。

「あー、楽しかった！　うふふ、今夜のこと、ずっと思い出に残りそう」

「夏休みの絵日記に書けるね」

理香が、誘ってあげてよかった感と、若干の優越感をにじませて言ったが、

「そんなもの、ほとんど書いちゃったわ」

「え？　八月の終わりまで？　まだ七月だよ」

「想像で書いたの。で、最後に、『この絵日記はほとんどフィクションです』って」

「…………」

「去年もやって先生に注意されたけど、今年は担任がちがうから、同じ手を使えると思って」

「……髙田、あんた意外に知能犯なんだね」

いや、と俊介は思った。

（理香と亜弥ちゃん、どっちもちょっと大人をコケにする性分を持ってる。アプローチの仕方がちがうだけで……）

バケツの水で消火すると、

「どうする？　シャワーを浴びに行くか」

「うん。いこ、髙田」

二人の少女は着替えの入ったバッグを持つと、施設に併設されているコイン式のシャワールームに走った。

そのあいだに俊介はテーブルと椅子を片付け、キャンピングカーのソファをフルフラットにして寝室仕様にした。

闇と静けさに包まれた外から、少女たちの高い話し声が聞こえてきた。

「トレーナーにしてよかった。こんなとこで家で使ってるパジャマじゃ恥ずかしいもんね」

「あたしのはこういうとき専用のだよ」

風呂上がりの湿気と石鹼の匂いをまとわせながら戻ってきた少女たちは、一面ベッドになった車内を見て歓声をあげた。

「すごーい！　ろまんちっく〜」

「ほとんど家の中だね！」

「そこにシーツがある。僕はシャワーを浴びてくるから、用意しといてくれ」

シャワーを浴びて車に戻ると、理香と亜弥はしゃがんでＵＮＯをしていた。フルフラットにした座面に白いシートを敷いてあって、寝室らしくなっている。

「さあ、そろそろ寝ようか」

一抹の緊張を覚えながら俊介が言った。

「あたしと髙田はここで寝るけど、俊介は外で寝袋で寝るんだよね？」

「うふふ、風邪ひくといけないから、もう一枚シーツを貸してあげますよ」

そろってイジワルを言う……。

「仕方ない。俊介は真ん中で寝させてあげる。こっち来て」

理香はポンポンとシーツを叩いた。

俊介が真ん中に横たわると、少女たちはいいかげんにUNOのカードを片付け、ニヤニヤ笑いながらそそくさと俊介の左右に寝た。

「ふつうに家で寝るよりも、やっぱり天井は低いね。狭く感じる」

「いいじゃない。テントよりずっと落ち着くわ」

インドア派とアウトドア派との認識のちがいか。

「んふん、俊介ぇ……」

「俊介さんとこんなとこで寝てるなんて、夢みたい……」

少女たちは左右から近づき、どちらにも動けないぐらい身体を密着させてきた。

「なあ、ちょっと不思議なんだけど、三人で、ってことに抵抗はないのかい？　この三人だから気を遣わないってのは聞いたけどさ……」

「あたしはかまわないよ。ホントの意味でカレシじゃないんだし」

「………」

「わたしも。その、牧村さんがいるから、逆に安心ていうのがあるかも……」

「どういうこと、髙田？」

だが亜弥は困ったような小さな笑みを浮かべたまま答えない。

「見て、俊介って困った顔してるけど、こっちはこんなふうになってるよ」

寝具代わりに穿いたチノパンの股間を見ながら理香は言った。

「やだぁ、ほんとだ。俊介さんのえっち！」

熱いシャワー直後の女児たちの清潔な香りで、ほとんど条件反射でペニスは勃起していたのだ。下心もむろんあったが。

「俊介のこれ、脱がしちゃおう……」

「あー、わたしがやりたい」

チノパンに手を掛けた理香を亜弥が制した。

「じゃんけんで決める？」

こんなところはまごうことなき子供だが……。

「いくよ、じゃんけーん」

ぽん。理香はグーを出した。一秒後に亜弥はパーを出した。

「ズルい！　あと出し」

「うふふ、わたしの勝ち！　俊介さん、腰を上げて」

亜弥はチノパンの腰回りに両手を掛けた。ちょっと意外なことに、トランクスもいっしょにずらしている。

「んふふ、出た出た、問題のブッタイが……」

陰毛がさらされ、勃起ペニスがゴムに引っかかって跳ね上がった。

「亜弥ちゃん、ワザとゆっくりやってるだろ」

「だよね。高田の顔、なんか理科室で解剖実習をしてるみたいだよ」

「怖いこと言うなって……」

チノパンとトランクスを膝まで下げられた。

「じゃああたしは上を脱がそうっと。俊介、バンザイして」

上半身を少し起こし、両手を上げた。こちらはガサツに脱ぎとられた。下半身に比べて関心が薄いということか。

「うあっ……！」

小さな指でいきなりペニスをつままれ、俊介は声をあげた。

「脱ぐときよりも大きくなってますよ」

亜弥が怖れのこもる笑みを浮かべた。

「そりゃ、見られて緊張してるから……」

「へえ……緊張しても大きくなるんだ」

質問のかたちではないので返答しない。そういうことにしておこう。

理香と亜弥は俊介の腰の左右に、ペニスを挟むように向かい合った。

「んふふ、青筋まで立ててる。怒ってるみたい」

反り返って腹にへばりついた男根を、理香は指でまっすぐに起こした。無遠慮な動きに俊介は「んおっ」と短く呻く。

亜弥がいくぶん上目遣いで理香を見ながら、言いにくそうに、

「ねえ……これ、牧村さんの中に、入ったんだよね？」

「うん、そう。あたしもすぐ近くで見たら信じられないけど」

かすかに優越感がこもっていた。

「わたしも……できるかな？」

「できると思うよ。かーなーり、ドキドキするけど」

亜弥はそそり立つ勃起男根を見つめながら逡巡していた。

「ここでしたいと思ってるの？」

理香の問いに、亜弥はコクッとうなずいた。

「でもさ、あたしが邪魔じゃない？　二人っきりでしたいとか思わない？」

「逆。牧村さんに、見ててほしい……ちょっと怖いもん」

理香も意外そうな顔をした。

先に難関をクリアした小さな先輩に、そばで見ていてほしい心理なのか。

さっきの理香たちの説明がよく理解できた。

俊介はいわゆるカレシではないのだ。男性として好意は抱いているものの、セックスを体験するための礎にすぎない……。

それともうひとつ。

「あの、勝手に話が進んでるけど、それ、僕のチ×ポコだぞ」

茶化していってみたが、

「俊介のモノはあたしたちのモノ、あたしたちのモノもあたしたちのモノ」

二対一のジャイアニズム。勝てそうにないと俊介は苦笑する。

「いいの、高田？　大事な体験をキャンピングカーの中なんかで」

理香がちょっと女の子らしいデリカシーをみせた。

「いいの。ここ、とっても楽しいし。すてきな思い出になると思う」

「わかった。じゃあ、高田の中に入りやすいように、あたしがペロペロして濡らしてあげようかな」

「ああん、あたしがする！」

理香が舌を小さく三角に出し、男根に顔を近づけると、亜弥も慌てて顔を寄せた。

「うふふ、なんか不思議。牧村さんとこんなに顔を寄せてるなんて」

「しかもしてることがコレだよ。んふふ」

二人の少女は、立てたペニスを挟んで顔を突き合わせ、左右から軸棒を舐めた。

(んんっ……チ×ポ、蟻に這われてるみたいだ)

挿入とはちがう、口にずっぽり収めるオーラルセックスともちがう、独特の感触だった。くすぐったさと紙一重の快感が、ペニスの軸を焦れったく責めてくる。

「ねえ髙田、前から思ってたんだけど、あんた……」

「ん？　なになに」

「すごい可愛いね。近くで見たらドキドキしちゃう」

「…………」

亜弥はペニスから顔を離し、ゆっくりとうつむいてしまった。

「もう……こんなとこで、なんてこと言うのよぉ……」

そのまま両手で顔を覆ってしまう。

「あらら、照れちゃった？」

「牧村さんだってすごい可愛いじゃない。男子のあいだでファンクラブがあるの知らないの？　図書室の中まで聞こえてくるんだから」

「ちょっ……やめてよ。なんなのよ」

今度は理香が狼狽した。双方、褒められ耐性がないらしい。

（どっちも自分が可愛いことを自覚してないんだ……）

自覚があれば、挙動や仕草にもう少し嫌味が出るだろう。テレビの子役を見ていて思うときがある。

それにしても、

（声とか内容とかはふつうに小学生なのに、やってることがこれだ……）

声圧のない軽いトーンや、子供独特の会話のリズムなどは、登下校中に聞く女子小学生のそれとまったく変わらない。事実二人とも小学六年生なのだ。

なのに、やってることはダブルフェラチオだ……。

俊介はフェラチオを受けつつ、両手を伸ばして少女たちの頭を撫でた。

「やぁん、俊介のナデナデ、気持ちいい……」

「うふふ、後ろから撫でられると安心する」

二人とも満足してくれている。

「声が聞こえなくても、理香と亜弥ちゃん、左右どっちかわかるよ」

「それは、頭の形ですか？　髪の質？」

「ちがう、舐めてる舌の感触で」

「やんっ、俊介のえっち」

ペニスを舐める少女たちの邪魔にならないよう加減に気をつけつつ、何度も頭を撫でた。

「んふ、テカテカになったね。そろそろいいんじゃない？」

「うん……」

二人ともワザと唾液を口に満たしていたのか、軸棒の両側面を舐められたのに、生乾きのケーキのアイシングのように、ペニス全体が光っていた。

「どしたの、怖くなったの、髙田？　んふふ、じゃああたしがやってもらおうかな」

「あー、ダメ」

「最初はちょっと怖いよね。でも案ずるよりナントカよ」

「……産むが安し」

不安に駆られた様子の亜弥を、理香はからかう口調で鼓舞した。理香の言葉を蚊の鳴くような声で亜弥が補完する。

（理香だってこないだが初めてなのに、けっこうな先輩ぶりだ）

内心で俊介はちょっと苦笑いする。

亜弥は上半身を起こし、膝立ちになった。

「あは、見られてるとなんだか恥ずかしい……」

「それ、すっぽんぽんぽんの俊介の前で言える？」

「ぽんが一回多い……」

泣きそうな声でまた訂正した。

腕を交差させ、亜弥はジャージの裾をつまんで上に引っ張った。白いゼッケンがそれとなく犯罪臭を漂わせている。

ジャージの上着を脱ぎ去った顔は、わずかに火照っていた。

「んふふ、高田って色白だね。すごいきれいな肌」

「……………」

理香に褒められたのを、亜弥はスルーした。受け止めてしまうと恥ずかしさと緊張でキャパオーバーになると思ったのか。

「高田、思い切ってやらなきゃ。俊介の前でちょっとエッチなことしたんでしょ？あたしはプールの更衣室で高田の裸ぐらい見てるし。へいきだよ」

理香の言葉で少し吹っ切ったようだ。緊張の面持ちは変わらないが、亜弥はてきぱきとジャージの下も脱いだ。白いコットンパンツだけになる。

だがへっぴり腰になって、パンツに手を掛けたところでまたためらいが出た。

「んふ、恥ずかしいなら見ないであげるよ」

理香は両手で顔を覆った。

「やん、指のあいだから見てるじゃない」

隙間だらけの指のあいだから、理香はしっかりと凝視している。

自分の漏らした失笑に背中を押されるように、亜弥はパンツをするりと脱いだ。

「亜弥ちゃん、僕は硬くなったけど、亜弥ちゃんのほうの受け入れ態勢が……」

亜弥が充分に潤っているのかが気になり、抵抗があるだろうが訊いてみた。

「ん。だいじょうぶだと思う……」

亜弥は照れくさそうに自分に性器にそっと手をやる。

「やだぁ、おしとやかそうにしてて、しっかりエッチな気分になってるんだ」

理香がすかさずからかうと、

「牧村さんだって。トレーナーのズボンの前が濡れてるよ」

「えっ？」

理香は驚いて自分の股間あたりを見たが、濡れ染みなど浮き出ていない。亜弥の勝ちだった。

「どうする、亜弥ちゃんが寝るかい？」

体位について、控えめな声で訊いた。

「えっと、それなんだけど、わたしが四つん這いになるっていうのは……」

おずおずと上目遣いで提案してきた。

「四つん這いって、じゃあ、僕が後ろから？」

亜弥はあいまいに笑みを浮かべながら小さくうなずいた。

「だって、ふつうの姿勢は、牧村さんとしたんでしょう？　わたしは別のことを試してみたいの」

予想外の提案とその理由に、俊介は驚いた。そしてなんとなく感じていた疑念が確信に変わった。怖くて訊けなかったのだ。

「あのさ、理香と亜弥ちゃん、僕としたこと、詳しく話し合ってるのかい？」

うん、と二人はハモッた。

「詳しく細かくていねいにね。学園祭の日に話し合ってから、スマホで連絡を取り合ってるよ。俊介となにとなにとなにをしたか」

「……そんな記録残して、親とか誰かに見られたらどうするんだ」

「だいじょうぶだよ。そんなことする人いないし、ロックは掛けてるし」

理香が子供らしい無責任さで太鼓判を押した。亜弥も薄い笑みで同意している。

「で、髙田はあたしに対抗意識をメラメラ燃やして、ちがう姿勢でやってみたいってことね？」

亜弥は返事の代わりにじつに上品に笑った。優雅な肯定だ。

「あたしはここで見ててもいいのね？」

「どうぞ。参考にして」

亜弥もなかなか言う。

俊介が場所を譲ると、亜弥はシーツの真ん中にうつぶせで寝た。車の位置的にもちょうど中心だ。

理香がニヤニヤ笑いながら、亜弥の背中をそっと撫でた。

「やん、俊介さんのえっち……」

「んふ、んふふふ」

「えっ？　牧村さんなの？　やめてよ、もう」

気づいた亜弥は少し上半身を起こして文句を言った。

「髙田の肌、すごくきれい。学校のプールの授業でもちょっと思ってたんだよ」

「………」

俊介はうつぶせの亜弥の足元に移った。

（頭が、あんなに近い……）

身長が低いので、足元にいても頭までが近かった。お尻のボリュームもなく、長い黒髪がなければ男児とさほど変わらないだろう。

「じゃあ亜弥ちゃん、四つん這いになって」

「はい……」

亜弥はゆっくりと膝を立て、手のひらをシーツに張って四つん這いになった。

「あは、これ思ってたより恥ずかしいかも……」

「そんなことないよ。なんていうか……かっこいい」

「そうだな。しなやかな肉食獣みたいなんだ」

「…………」

二人のフォローを受けても羞恥心は去らないようだ。

「亜弥ちゃん、もう少し脚を広げて」

「えっ？　あのっ……」

俊介は亜弥の膝と足首をとると、優しく広げさせた。自分からはなかなかしてくれないと思ったからだ。そうしてから亜弥のお尻に両手を当てた。

「うふっ……俊介さんの手、大きい……」

笑いを浮かべようとして失敗していた。

つかんでいる手のひらで、円を描くようにお尻を撫でる。外側に開くようにそれとなく力を加減した。

(亜弥ちゃん、お尻の穴までピンク色だ……)

色素沈着のない、きれいな色をしていた。集中線も小さく、梅干を初めて食べた幼児の口のようだ。

「髙田、俊介のヤツ、すっげぇ怖い顔して髙田のお尻の穴、にらみつけてるよ」

「や……やめてください」

理香にチクられ、俊介は苦笑いだ。

「……あのさ、髙田、ムリっぽいならやっぱりやめたほうがいいんじゃない。いや、マジで」

理香がまじめな顔と声で言った。

「……ありがと。でもいいの。最初からこうしてもらうつもりだったから……」

声を震わせながら亜弥は言った。小さな身に重すぎる覚悟を背負ったような声だ。

悲しいドラマだったら、まちがいなく涙を誘うところだろう。

「最初の一回目は怖いもんだよ。どんなこともね」

俊介は逆に淡々と言った。

「心配ない。無理そうだったら僕のほうから勝手に判断して中止するから」

「………」

安心させようと言ったのだが、どちらからも同意を得られたふうではなかった。

「俊介。こんなカッコで議論してたら、髙田、風邪ひいちゃうよ」

茶化すような声なのに、理香の声音には亜弥を思いやる温かさがあった。

「理香のいる前でなんだけど、僕は亜弥ちゃんも大好きなんだ。順番なんかつけられない」

理香の顔と亜弥の背中を交互に見ながら言うと、

「ん、そうだろうね。腹立つけど」

「だから大好きな亜弥ちゃんに、こんなこともできる」

俊介はそっとつかんだ亜弥のお尻に、ゆっくり顔を近づけた。

「え、ちょっと俊介……！」

「えっ？ あっ……いやあぁっ？」

俊介は大きく出した舌で、亜弥のお尻の穴を舐め上げたのだ。

反射的に亜弥はお尻を引いた。

「ちょっ……俊介さん、どこ舐めてるんですか」

うつぶせのまま、亜弥はお尻を庇うように小さな手をやった。

「シャワーで念入りに洗っただろ？　見たらわかるよ。そうでなくても、亜弥ちゃんに汚いところなんてないんだ」

「………」

「理香はどう思う？」

目を見開いている理香に面白がるように訊いた。

「ドン引き……なんだけど、ちょっとうらやましいかも、って……」

え？　俊介と亜弥が同時に声を出した。

「もう……牧村さんもすごいヘンタイさんだよ……」

困り果てたような声に、微妙な勝利感がこもっていた。

「亜弥ちゃん、気を取り直して、お尻を上げて」

俊介はまた亜弥の小さな腰をとったが、力を込めるまでもなく、亜弥は自分からお尻を上げてきた。

「顔はシーツにつけたままのほうがいいかもしれないな」

俊介が言うと、亜弥は上げかけた顔をシーツに戻した。お尻だけを高く突き上げたへの字になっている。

「またお尻を舐めちゃうんですか……？」

弱々しい声だが、理香にも聞こえるようにはっきりと発声していた。

「うん。もう少し脚を広げてくれるかい」

亜弥はためらわずに膝を広げてくれた。唾液を満たした舌先で肛門をつつく。

「ああ、亜弥ちゃんのお尻の穴、すごく可愛い。ずっとこうしていたい……」

「んんっ、くっ……くすぐったい。んんん……」

「俊介、こんどはあたしだよ。あたしもシャワーできれいに洗ってあるから」

少し焦り気味の声で理香が言うと、亜弥が「ふふ」と小さく笑いをこぼした。

薄ピンクのお尻の穴は、俊介の唾液でテカっていた。

(まさか小学生の女の子のお尻の穴を舐める機会が、人生であるとは……)

不思議ともいえる光景に、いやらしさよりも驚嘆と優越感のほうが大きかった。

「さあ、亜弥ちゃんのお尻の穴もたっぷり味わったし、そろそろ、はじめようか」

お尻から顔を離すと、俊介は上半身を起こし、膝でしっかり上体を支えた。

「うん……」

狭い車内に再び緊張が走る。

「お尻を味わった、だって……」

理香が雰囲気を壊さないように気を遣ってか、小さな声でツッコんでいた。

片手でペニスの根元を持ち、下に向けた。

(そうだ、身長が低いから……)

ペニスの仰角を下げるだけでなく、膝を広げて高さを落とす必要があった。

残る片手で亜弥の小さな腰をとった。

白いお尻、白いふともも、白い大陰唇。縦に開きかけた恥裂だけが薄ピンクで、出血を拭き取った生々しい傷のようにも見える。

「あっ……」

ペニスの先が膣口に触れると、亜弥は不安そうに短い声を出した。

さほど力を入れなくても、楕円体の亀頭は半分ほどが膣口に埋もれた。

「いいかい、挿れていくよ」

「ゆ……ゆっくり」

高い声でつぶやく。お腹に無駄に力が入っているようだ。

亀頭が収まり、抜ける心配がなくなると、俊介はペニスから手を離し、両手を腰に添えた。お尻周りの小ささに驚く。

（小学生がこの姿勢になっても、お尻はこんなに小さい……ほんとに子供なんだ。当たり前だけど）

亜弥と理香、不埒《ふらち》な行為はいくつもしていたが、どんな姿勢をとらせても、ランドセルを背負う年齢の女児に、不道徳な行為をしているという実感が頭を去らない。

「あっ、あっ……俊介さんが……入ってる」

上擦った声で亜弥が言う。黒髪に包まれた小さな後頭部しか見えないが、どんな表情をしているのかは見ないでもわかる。目を閉じ、口を小さく三角に開き、眉根を寄せているのだろう。

「どうだ、痛いか？」

「……いける。だいじょうぶ、そのまま……」

挿入しているペニスと、つかむ両手と、力を加減する腰に最大限の注意を払い、一ミリ刻みで亜弥の性器に男根を沈めていった。

「髙田、くっついてるとこ、見てもいい？」

理香が身を乗り出して、亜弥に訊いた。理香らしくない遠慮が伺えた。

亜弥は「ん」と短く了承した。

「うわぁ……こんなふうに開くんだ」

理香は控えめに驚嘆の声を漏らした。

小さなお尻のようだった大陰唇が丸く押し広げられ、そこに（理香の目線では）極太に見えるだろうペニスがゆっくり押し込まれているのだ。

「自分のも見てただろう、理香？」

「うん……でも客観的に見ると、やっぱりすごい……」

難しい言葉で言い慣れないのか、客観的、のアクセントがちょっとおかしかった。

（チ×ポ、見ないでもどんな状態なのかわかる……）

埋没状況を凝視しているが、ペニスの強い締め付けから、目を閉じていても挿入の具合がわかる気がした。

亀頭が収まり、信じられないぐらいゆっくりと、長い軸棒が小学六年生の女児の性器に消えていく。

「いぁっ……いたっ！」

亜弥が小鳥のような高い声を出し、一瞬お尻を引いた。

俊介は動きを止める。理香が俊介を見た。

「高田、それショジョマクを超えたんだと思うよ」

思いやりの中に、どこか先輩風を吹かせた声音で理香が言った。

「処女膜……」

声は弱々しいが、亜弥はすぐに理解したようだ。

理香は四つん這いで身を乗り出し、

「どう、痛すぎる?」

「ん、だいじょうぶ……」

「わかった。俊介のアレ、このまま進めるよ?」

言ってから俊介を見て、「いいって、俊介」

思いやりはいいのだが、どこか俊介不在で会話が進んでいた。内心でちょっと苦笑する。

ペニスの軸棒は半分を超え、俊介の陰毛の先が、白い亜弥のお尻に触れた。

「もう少しだよ、髙田。あと三センチぐらい……」

「………」

狭い車内なのに、ときおり亜弥が押し殺した呻きを漏らすほかは、誰の息遣いも聞こえてこなかった。

やがて、長いペニスは幼い膣に完全に埋没した。

俊介の鼠蹊部に、小さくて硬くて尖った亜弥のお尻が触れた。

「高田、全部、入ったよ……」

理香が不安と達成感を込めて静かに言った。

「うん……俊介さんの、お毛ケが、お尻に当たってる……」

「どうだ、亜弥ちゃん？」

「んんっ、キツい……身体の中に、わたしのモノじゃないのが入ってるみたい……」

「そのまんまじゃん……」

理香のツッコミもトーンが控えめだった。

「キツすぎるか？　抜こうか」

「んっ、ダメッ」

短いが強く拒絶した。

「だって、俊介さんが、まだ一番いい気持に、なってないんでしょう？」

切れ切れに声を発しながら亜弥は言う。

「あたしとおんなじこと言ってるね」

理香が俊介を見て小さく笑った。

「でも、無理したら、亜弥ちゃんのアソコ、壊れちゃうぞ」

「……壊れそうだったら言うから。だから……」

理香が俊介を見て真面目くさった顔でうなずいた。亜弥の代弁のつもりらしい。

「わかった。ゆっくりやるから……」

小さな腰をしっかりつかんだ。歯の根を食いしばって慎重にペニスを抜いていく。

「あ、オチ×チン、ちょっと血がついてる……」

処女破瓜《はか》のときの出血でペニスにわずかな鮮血がにじんでいた。俊介は理香に、目だけで「しっ」と告げた。

「ああ、すごい……俊介さんが出ていくのが、わかる……」

「髙田、痛いだけじゃないでしょ？」

理香が亜弥の顔を覗き込んで言う。

「うん。なんか、ヘンな感じなの……お尻の周りが、すごく熱くて……」

「わかる」

理香がニンマリと笑った。理香の顔も赤く火照っているのに俊介は気づいた。

亀頭だけを残して、俊介は動きを止めた。

「亜弥ちゃん、また挿れていくぞ」

「ん、来て」

再びペニスを沈めていく。最初よりは緊張が少なく、少しだけスピードを上げた。

「ああ……また俊介さんが来る……」

「ねえ俊介、あたしもこんな顔してたの？」

シーツに顔を落として亜弥を見つめていた理香が訊いてきた。

「どんな顔だい？」

「怖い夢見てるみたいなのに、口元は笑ってるの」

思いもよらないことに、亜弥が吹き出した。

「あはっ、牧村さん、恥ずかしいからよして」

だが埋没が深まると、亜弥の顔から笑みが消えたようだ。

ペニスが完全に収まると、亜弥は「んんっ」と短く呻く。

「この調子で、出したり入れたりするぞ？」

「だいじょうぶよ、俊介。そうして、って顔に書いてある」

返事をしない亜弥の代わりに理香が言った。メッセンジャーガールになっている。

入れて抜く。ゆっくりした二拍子でピストンを始めていった。

「あんん……身体が、ヘン……ビリビリきてるっ！」

不自然な姿勢で、亜弥は自由になる顔だけをときおり左右に振っていた。

ピストン運動は次第に速くなってきた。俊介の息も荒くなっていく。

「俊介、あんたはどうなの？」

「すごく、いいっ！　締め付けがキツくて……」

「出そう？」

「うん、もうすぐ……」

「ふつうに向かい合ってやったあたしと比べてどうなの？」

少々うるさいと思ったが、すぐに思い直した。たぶん亜弥も内容を聞いている。

「姿勢がちがうと、チ×ポの受ける快感もちがうんだ。僕は正直、こっちのほうが、刺激が強くて……」

ピストンで声を割らせながら、俊介は几帳面に答えた。

「あんっ、あんっ！　しゅ……俊介さんのが、中で、反り返ってるっ！」

「ふうん」と理香はつぶやいてから、

「この格好ね？」

と、亜弥に並んでうつぶせになり、お尻を高く上げた。素っ裸の亜弥の隣で、トレーナー姿の理香が同じ格好をしたのだ。

「この姿勢で、アソコから俊介のが、入るんだ……」

理香は手を後ろに伸ばして、トレーナーの上から自分の性器あたりを手のひらでなぞった。えらく滑稽な姿だが、本人はいたってまじめな様子だ。

(理香、トレーナーにパンツの線が浮き出てる……)

亜弥とセックスしながら、ふとそんなことを思った。パンツの股繰りとクロッチの扇型がくっきり浮き出ていたのだ。

「俊介さんっ！　なんかっ……身体が、ジンジンしてるっ」

亜弥が逼迫した声をあげた。シーツをわしづかみにしてしわくちゃになり、一部車のシートが露出していた。

「亜弥ちゃん、もうすぐ……出そうだっ！」

官能よりも、未発達な女子小学生の性器のダメージが気になり、射精を急ぐ気持ちがあった。しかし、

「まっ、待って。俊介さん、止めてっ！」

まさかの制止がかかった。驚いた俊介はピストンのリズムを落とし、止めた。

「どうした？　痛すぎるとか……」

「……そうじゃないの。やっぱり、正面を向いて、俊介さんの顔を見ながら……」

荒い息の合間に、声を切らしつつ亜弥は言った。

「わかった。じゃあ、抜くよ」

小さな腰をつかみ、ペニスを引き抜いていった。多量ではないが鮮血に染まった男根を見ると、許されざる大罪を犯した実感が生々しく頭をよぎった。

亀頭が抜け切るとき、「んっ」と低く亜弥は呻いた。

「じゃあ、仰向けになって、脚を開いてくれ」

力が抜けているようなので、俊介が細いウェストを持ってゆっくりひっくり返してやった。その軽さに内心でまた驚く。

「あは、真正面に向いて脚を広げるのも、恥ずかしいですね……」

「どうすりゃいいのさ」

俊介の気持ちを理香が代弁した。

「挿れるよ、亜弥ちゃん」

「はい」

最初ほどの緊張もなく、少し笑みを浮かべて亜弥は返事をした。脚を自分からほぼ水平に広げている。膝を曲げているので、ちょっとカエルのようにも見える。少し血のついた性器も数センチ開いていた。

ペニスの根元を持ち、亀頭が膣口に触れると、亜弥は笑みを消し、目を閉じた。

「このほうがスムーズに入るみたいだ、亜弥ちゃん」

「うん……んんっ！　んんん……」

亜弥はあいまいに返事をしてから、顔をしかめた。

「どう、髙田？」

亜弥は目を開け、ゆっくり理香のほうを向いた。麻酔から覚めた患者のようだ。

「さっきより、やさしい感じ……あは」

同級生に無理に笑おうとしていたが、内容は実感がこもっていた。

挿入が完了すると、亜弥は一瞬目を閉じ、クンッ、と顎を出した。

ペニスの先が、子宮口らしい亜弥の内奥に触れている。

「俊介さん、これで、さっきみたいに……」

声は控えめだが、抽送を催促していた。苦悶と笑みが同時に顔に浮かんでいる。

俊介は亜弥の膝小僧をつかみ、ゆっくりとピストンを再開した。股間から膝までが近く、膝小僧も小さかった。なによりも揺れるふとももにまったく迫力がなかった。

「あっ、あっ、あっ！　しゅんっ……俊介さんっ！」

ピストンを始めると、亜弥の身体は上下に忙しく揺れた。軽くて小さいので、大人のように上半身がシーツに安定しないのか。

姿勢のために俊介の身体も大きく揺れる。

「俊介のカッコ、すごくマヌケでいやらしい……」

女子児童目線だが、まさにその通りの光景だろう。

（それにしても、おっぱいがぜんぜん揺れないなんて……）

この体位だと、必ず揺れる乳房が目に入るものだが、それがないことに強い違和感があった。同性愛の趣味はないが、男性同士でするとこんな感じなのだろうか。

「んんんんっ！　俊介さんっ……ああっ！　身体がっ、おかしく、なっちゃうっ！」

亜弥は悲愴《ひそう》な声をあげ、顎を出して背中を大きく反らせた。背中とシーツのあいだに空間ができている。

「……高田、顔、真っ赤になってるよ」

心配しているのかと思ったが、そうではないらしい。理香は小さく「いいなあ……」と付け加えたのだ。

「亜弥ちゃんっ、もうすぐ、出るっ」

俊介も逼迫していた。思い余って俊介は両手を出し、反り返った亜弥の背中に入れた。そのまま軽い上半身を少し持ち上げる。

「あぐっ……ああっ！　しゅん……あああっ！」

高い喉声で亜弥は叫んでいた。首をのけぞらせているので顎しか見えない。

「髙田、がんばれぇ……」

最後の「え」を強調して、理香がオロオロと励ましをかけた。

「あっ、亜弥ちゃんっ！　出るっ……んああっ、あああっ！」

亜弥の上半身をほぼ持ち上げたまま、俊介はキツい膣道に精液を射ち放った。

「いやっ!?　ひあっ……あああんんっ！」

日常的にありえない姿勢のまま亜弥は肩をすくめ、首を右に左に振っていた。許容量を超える体感に、身体自身がどう動いていいのかわからないかのようだった。

性器が狭いため、ペニスが強く圧迫されて、射精するのに尿をキバるように腹筋に力を入れなければならなかった。

幼い肢体に十回近く実弾を射ち込み、ようやく俊介は動きを止めた。

両手でつかんでいた亜弥の身体をゆっくり下ろした。

「亜弥ちゃん、ありがとう……すごく濃いのが出た……」

息を荒げながら、まずはそんな言葉が出た。

理香が近づき、

「だいじょうぶ、髙田？」

と心配そうに声を掛けた。

見ると亜弥の鼻は赤くなっており、目には涙がにじんでいた。

「痛かったの？」

「ううん……そうじゃない。すごかった……すごかったの。なんか……」

亜弥にしては滅裂な言い方だった。いまの感情を表す適切な語彙や表現を持っていないのだ。

「やったね、高田。これであたしといっしょだよ」

理香が優しく声を掛けると、ひっくひっくと喉を鳴らしながら、亜弥はごく小さく微笑んだ。

「亜弥ちゃん、抜くよ……」

「あ、ダメです。ずっとこのまま……」

慌てて亜弥は少し半身を起こし、抜くのを制止しようとした。

「なにいってんの、一生このままでいられないでしょ」

理香が失笑すると、亜弥は仕方なさそうにまた上半身を寝かせた。

「まあ、気持ちはわかるけどね」

と理香が小さく付け加える。

「ああ、俊介さんが、出ていく……」

「そう、それ、すっげぇリアルに感じるよね」

亀頭が現れ、ニュプン、と音と弾みをつけてペニスは膣から離れた。

「はぁぁ……」

亜弥は全身の力を抜き、空気の抜けたような声を出した。つかんでいた亜弥の足からも、電源を落としたように力が落ちていくのを感じた。

「んふふ、すごいねあたしたち。まだ小学生なのに、大人になったんだよ」

理香が勝利感を込めて言ったが、さすがに俊介には居心地の悪い言葉だった。

「俊介さん、来てぇ」

亜弥が締まらない声で言い、両手を上げた。

吸い寄せられるように亜弥の小さな上半身に抱きついた。

「ああ、俊介さん、大好きぃ……」

小さな手で背中をまさぐられ、細い足をすね毛の生えた俊介の足に絡めてくる。

「亜弥ちゃん、ありがとう。僕も大好きだよ」

シーツの隙間から手を入れ、亜弥の小さな背中を撫で回す。

「ちょっとお二人さん、誰か忘れてませんか?」

昭和の時代劇のような言い方で、横から理香が口をはさんだ。

「あら、牧村さん、いたの？　ぜんぜん気づかなかった」

官能の余韻が覚めるにつれ、亜弥は余裕を取り戻していった。

「わぁ、ひでぇ。さあ、二人とも離れて離れて。俊介、次はあたしの番！」

理香は笑いながら、平泳ぎのようなジェスチャーで二人が離れるよう急かした。

「牧村さん、それ着たままするんじゃないでしょう？」

「ん？　そうだね。脱がないと……」

理香はジャージの裾に手をかけて、ちょっとためらった。

「あは、ナルホド……見られてるとハズカチーもんだね。あっち向いててくれるとすごく助かるんだけど、ダメ？」

亜弥は満面に笑みを浮かべ、じつに優しい声で、

「ダメです。じっと見てます。頭の中で録画スイッチを入れたから」

「もう！　インゲボーボーってやつね」

「因果応報でしょ。さ、どうぞ、気にせずに堂々と素っ裸になって」

たとえ冗談でも亜弥にこんな軽口が利けるのかと、ちょっと意外に思った。

（もともと亜弥ちゃんの地だったのか、短期間で理香の影響を受けたのか……）

開き直った理香はジャージの上を脱ぎ捨て、下も脱ぎ去り、白いパンツに手をかけて速やかに下ろした。時間にして十秒にも満たないだろう。家の脱衣場でもこのぐらい無駄のない動きをしているのだろう。

「うふん、俊介ぇ……」

裸になった理香は、あらためて俊介にしなだれかかってきた。質量の乏しい女子小学生の熱い身体がまとわりつき、同時にゆっくりとシーツに倒れ込む。

「髙田のことがちょっと心配だったけど、やっぱり妬けちゃった」

至近距離で正直すぎる言い方をされ、俊介は言葉の接ぎ穂を失ってしまう。

「牧村さんはどんなふうに俊介さんとやるんですか?」

しゃっちょこばった口調で亜弥が言った。理香の気持ちに水を差したかったのかもしれない。俊介の耳に「ヤルんですか」がひどく猥褻に聞こえた。

「んー、あたしも後ろからやってみたいかな」

理香はゆるゆるとシーツにうつぶせになると、ゆっくりお尻を上げげた。

「なにしてんの俊介? あたしに風邪ひかせる気」

四つん這いになった理香に言われ、「ああ……」と間の抜けた声を発して、俊介は理香の後ろに回った。

「わぁ……これってすごく不安。どこを見られてるか、自分で見えないから……」

「でしょ」

（可愛いお尻だけど、亜弥ちゃんと、感じがちがう……）

年齢は同じ、背格好もほぼ同じ、体形も色白なのも同じなのに、四つん這いで後ろから見たお尻には、はっきりとちがいがあった。同じ美少女でも顔がちがうのと同じぐらいちがう。

「理香、少し膝を開いてくれ。三十二センチほど」

「ビミョー」

失笑しつつ、理香はその通りにしてくれた。白いお尻の下の、小さなお尻のような大陰唇は、すでに処女破瓜をしているからか、亜弥のときよりも少し開いていた。

「理香、個人差があるから、念のために訊きたいんだけど、理香のアソコの入り口はどこだ？　この姿勢だと、ちょっとわかりづらくて」

「もう、恥ずかしいことさせないでよ……んっと、ここ、ね」

理香は四つん這いのまま、下から片手を回し、自分の膣に触れた。

「ここよ、ほら」

ごていねいに指でVサインをつくり、膣口を広げてくれた。

説明に意識が向いたからか、羞恥心は忘れてしまったらしい。お尻の穴まで広げている。

「あと恥ずかしいだろうけど、一番感じるところがどこか教えてくれたらすごくウレシイんだけど」

「は……恥ずかしいわよ、おバカ……んと、ここかな」

理香はお尻を突き出した姿勢で、細くて白い指先でクリトリスの先に触れた。

「へえ、やっぱりそこを触ると一番いい気持になるんだ」

面白がりながら俊介は調子を合わせた。

「牧村さん、俊介さん面白がってやってるんだよ。ニヤニヤ笑ってる」

亜弥がチクったために、理香はキュッとお尻と膝を閉じた。

「もう！　俊介のドスケベ、ドヘンタイ、ドチカン！」

ド痴漢は新感覚の言葉だな、と俊介は思った。

「ごめんごめん。でもきれいだって思ったのはほんとだよ。もうちょっとだけ見せてほしい」

俊介は小さなお尻をつかみ、そっと外側に力を入れた。

「俊介がここまでヘンタイさんだと思わなかったわ」

ぶつぶつ言いながらも、理香は言われた通りにお尻をむき出しにしてくれた。

「うふふ、牧村さん、なんで顔が笑ってるのかな？」

「ウルサイよ、髙田は」

裸でバックで責められる格好のまま、女子小学生らしい失笑を漏らす。互いの顔が見えない俊介と理香の心を、亜弥が中継しているかたちだ。

「……俊介、いまあたしのお尻にすごく顔を近づけてない？」

「どうしてわかる？」

「お尻のほっぺたいっぱいに俊介の息がかかってるもん」

お尻のほっぺた、も新しい概念だ。

舌を唾液でいっぱいに満たし、お尻の穴の集中線に当てて大きく舐め上げた。

「ああんっ!? いやあぁ！」

不自然な姿勢のまま、理香が車内に響く悲鳴をあげ、お尻をキュッと締めた。

「んん……これが、お尻を舐められる感触……」

理香は手のひらでお尻の穴を覆った。その仕草に、むき出しのお尻とは別種のいやらしさがあるな、と俊介は思った。

「……予想してたけど、ヘンな感じぃ……」

「大丈夫だよ。シャワーできれいに洗ってあるし、味らしい味なんてない」

「味って、あんた……」

驚きのあまりか、めったに使わない「あんた」という人称代名詞を使う。

亜弥は目を見開き、両手を口に当てていた。ただし、隠した口元に笑みが浮かんでいるのが、頬の動きでわかった。

「さあ、悪ふざけも飽きたし、そろそろやるか」

「しばいたろか」

理香は慣れない大阪弁で失笑を漏らす。

四つん這いの理香の腰を持ち、膝を張ってしっかり上半身を支えると、車内にふたたび緊張感が戻った。

ペニスの根元を持ち、亀頭を理香の膣口にピトッと当てた。

「あっ……」

「理香、挿れるぞ」

「ん。まだ二回目だからゆっくり……」

「わかってる。それと、姿勢がちがうから、こないだよりも感じがちがうかもしれない。痛かったら言うんだぞ」

「…………」

楕円体の亀頭が膣口に収まった。この段階ですでにキツい。

理香はもぞもぞと膝を広げた。当然理香もキツいと感じているのだろう。

きわめて慎重に、ペニスの軸棒を幼い膣に入れていく。

亜弥がゆっくりと動き、そっと結合部を覗き込んだ。

「牧村さんのアソコ、オチ×チンの形に丸く開いてる……当たり前だけど」

「亜弥ちゃんだってそうだったんだよ」

「…………」

一分前までの小学生漫才の雰囲気は微塵も残っていなかった。

俊介は歯の根を食いしばり、細心の注意を払って埋没を続けていく。

「んんん……ほんとだ。これ、こないだと感じがちがう……」

「でしょ。なんか四つん這いのほうが、入ってくる実感が強いでしょう」

一度でも経験したほうは、やはり言葉に多少の重みがある。

「でも、なんだろ、あたし、慣れたらこっちのほうが、いいかも……」

緊張と異物感で言葉は切れ切れだったが、強がりには聞こえなかった。

逆向きのハートのような小さなお尻をがっちりつかみ、慎重に挿入を続ける。

陰毛まみれの赤黒いペニスを見て、亜弥が、

「あんなものが、あんなふうに入るんだ。なんか牧村さん、かわいそうみたい……」

亜弥にしてはやや文法上難のある表現だったが、

「同情なんか、いらないわ」

理香が昭和のドラマのような言葉ではねつけた。

「牧村さん、もうすぐ、全部入るよ……」

「ん、わかる……」

ペニスは完全に埋没し、白いお尻の双肉が俊介の鼠蹊部に触れた。子供らしい硬さの残る感触だったが、やはり微妙に亜弥とは印象がちがう。

「どうだ、理香？」

「……ちがうね、なんか。俊介のアレが、前より逆に入ってるみたい……」

「いや、その通りだよ」

俊介と亜弥は顔を見合わせ、小さく笑った。

「この前みたいに、動いてもいいんだな？」

「うん……ちょっと勝手がちがうから、最初はゆっくり」

まだ二度目なのに「勝手がちがう」などというのはいかにも理香らしい。

ゆっくりとペニスを引き抜いていった。恥毛のない未発達な性器なのに、膣道は淫蜜で充分に潤っており、出てくるペニスもいやらしくテカっていた。

「ああ、俊介さん、抜けちゃいます……」

言ったのは理香ではなく亜弥だった。ペニスが抜け去るのではと心配したようだ。

「大丈夫だよ」

亀頭の首根っこが、理香の膣口の小陰唇で軽く引っかかっていた。弾みをつけないと抜けないのを理解したようだ。

「……ほんとにこの長さのが入るんですね……」

亜弥は不思議そうに自分のお腹に手をやった。客観視することで、官能ではなく理性で理解しようとしているのか。

再びペニスを沈めていく。こんどはやや速く。すぐに最奥に達し、亀頭の先がやわらかな子宮口に触れた。

「ああ、すごい……俊介のが、すごく反り返ってるのが、わかる……」

痛がっている様子はないので、ゆっくりとピストンを速めていった。

「力が、入らないっ……!」

四つん這いで支えている細い肘が小さく震えていた。

「ああっ！　もう、ダメ……」

理香は肘を折り、顔をシーツに落とした。

「うああっ、理香っ！」

「いっ、いやっ……いやああっ！」

俊介と理香が同時に高い声をあげた。

理香が顔を落とし、への字に姿勢を変えたために、膣道の角度が変わり、双方に強い刺激を与えたのだ。

「んんっ！　しゅん……俊介！　これ、すごい……！」

「だいじょうぶか、理香っ？　ちょっとスピードを落とし——」

俊介も腹筋に無駄に力を込めて腹の底から声を出したが、

「ダメッ！　そのまま、そのままでいいから……！」

苦しそうな声なのに、スピードを緩めるな、と理香は叫んだ。

ペニスの感覚をそのまま信じれば、理香の膣道はゆるいくの字に折れ曲がっていた。そこを猛スピードで硬直したペニスをこそげたので、ほとんど暴力的な官能がペニスを襲っていたのだ。高校生のころ、あの手この手の荒業オナニーに耽《ふけ》っていたことが、一瞬だけ頭をかすめた。

「理香っ、ああっ！　もう、出そうだっ！」

亜弥に射精したばかりなのに、強い射精欲求が下腹部から沸き起こってきた。

「出してっ！　俊介の、熱いの……あたしのお腹に、いっぱい出して！」

理香はほとんど金切り声をあげていた。ほかに車中泊する車があれば聞かれていたかもしれない。このキャンピングカーもそうとう揺れているだろう。

への字に反り返った小さな背中と、対照的に大きく見える白いお尻を見つめつつ、射精のスイッチが入った。

「んあああっ！　理香っ、出るっ！　あああぁっ！」

「いやっ……いやぁあっ！」

理香は顔だけをシーツに突っ伏したまま、強く肩をすくめて絶叫した。

小六女児の膣奥に、すさまじい勢いで精液を放った。

最後は朝の排尿の最後のように、腹筋に力を入れて絞り出した。

「……出た、理香、全部」

息を荒げつつ、ペニスを最奥に突っ込んだまま、俊介は短く言った。

理香は横顔をシーツにつけ、目を閉じたままなにも答えない。

「抜くよ」

息を乱しながら、やはり理香は答えない。よほど刺激が強かったか。

ゆっくりペニスを抜いていった。カリで引っかかり、軽く力を込めて抜き去ると、鋼の硬さを保ったままのペニスは、ビクンッ、と跳ね上がった。

「んんっ……！」

と理香は眉根にしわを寄せ、小さく呻く。

「……すごい。なんかわたしもまた挿れられてる気分になってた……」

バツが悪そうに亜弥が笑った。興奮が伝播したように、亜弥の顔にも赤みが戻っていたのだ。

「小さな発見。俊介さんのオチ×チン、血がついてない」

「んふ、そりゃあたしは経験者だもん」

ヘトヘトの体のまま、じつに理香らしい言葉を小さくつぶやいた。

「あの、俊介さん、たとえばなんですけど……」

「おっと、ろくでもないことを思いついたのかな、亜弥ちゃん？」

亜弥は赤みの残る顔で俊介を上目遣いで見ながら、

「あの……お尻に、俊介さんの指なんて、ちょっと入るかな、なんて……」

そういって亜弥は自分のお尻にそっと手をやった。

「あ……あたしもさっき舐められたとき思った。なんか、チ×ポコは怖いけど、俊介の指なら少しぐらい入るんじゃないかなって……」

しまらないへの字の格好のまま理香も言う。

「おいおい、なにを言い出すんだ」

セックスの初体験をしたばかりなのに、直後にアナルに興味を持ったのか？　小学六年生の女の子が？　二人とも？

あっけにとられる俊介の前で、「うふふ」と笑いながら、亜弥は理香と並んでまた四つん這いになった。理香に倣うように、顔をシーツにつけてへの字になる。

「まだアソコに違和感があるから、お尻に入ってても区別がつかないかもね」

「俊介、一番長い指でお願いね。ゆっくりだよ」

俊介の意思不在で少女たちはお尻の穴を向けてきた。

白いお尻に鎮座した、薄ピンク色の二つの小さな集中線を見ながら、

（小学生の女の子のお尻の穴を、同時に二つも見てるなんて……）

あまりの非現実感に、俊介はほとんど意識が飛びそうになった。

「俊介、いつまで舌なめずりしてんの。お尻が寒いんですけど」

ああ……と、俊介は間の抜けた返事をして、逆手にした両手を、理香と亜弥のお尻

に当てた。

あんっ、と二人の少女は同じ声をあげ、同時に身体をピクリと揺らした。

指先は性器に触れている。

「……そっちじゃないわよぉ」

「わかってる。ちょっとヌルヌルがほしいんだ」

指先を少女たちの性器の淫蜜で濡らしてから、そっと中指の先をそれぞれの肛門に当てた。

「ゆ……ゆっくりだよ、俊介」

「わかってる。もし痛かったら――」

「早くしてください」

不安そうな理香と、急かす亜弥。なんとなくキャラが逆になっているのがおかしかった。

指先に細心の注意を払い、ヌメリを最大限に生かしながら、いんぐりもんぐりと集中線の中心をほじっていく。

「んあっ……！」

「……いあぁっ！」

ぷっ、と指先が肛門を割る感覚があった。二人の少女は同時に声を出し、裸体を揺らす。苦痛を覚える様子がないので、もぞもぞと指を動かしながら、埋没を続けていった。俊介は無意識に目を細めていた。

「ああ、すごいぞ。どんどん入っていく……！」

信じられないことに、さほどの時間もかけず、指は女子小学生のお尻の穴に消えていった。

「しゅん……俊介、いま、どのぐらい……？」

「第二関節が入ってる。もうすぐ、全部入るぞ……」

「ああ……アソコに入るのと似てるけど、なんかちがう……」

「髙田は、どっちがいい……？」

「……わかんないよ。こんなの、図書室の本に載ってなかった……」

やがて両手の中指は、理香と亜弥の肛門にすっかり消えた。

「……すごいぞ。二人とも、一番長い指がすっぽり入った……！」

一番驚いていたのは俊介かもしれない。

「痛くないのか、理香も、亜弥ちゃんも？」

「……痛くない。すごいヘンな感じだけど」

「俊介さん、ちょっとだけ、指を動かしてください。ちょっとだけ……」

二人とも異物感は大きいらしく、腹筋に力を入れて声を出していた。

逆手で挿入した指の先を、ほんの少し、クイッ、と上に曲げた。

「ああんっ！　俊介ぇ、そんなとこで暴れちゃダメ……！」

「わたしは……もうちょっと動かしてもだいじょうぶ、みたい……」

亜弥だけ、指を上下左右に動かしてみた。

「ああっ、あああっ！　これ、いいっ、いいかも……！」

亜弥は高い声を出して首をのけぞらせた。

「俊介、あたしも！」

負けじと理香が硬い声を出した。

左右の指先を曲げ、反り返し、肛門の奥をこねくり回した。理香と亜弥にシンクロさせるように指ピストンもすると、

「あああっ、それ、いいっ！　アソコみたいに、気持ちいいっ！」

「オチン……オチ×チンが、うねってるみたい！」

十二歳の少女たちは、苦悶と紙一重の嬌声をあげていた。

(そうか、チ×ポには関節がないもんな……それに、指は十本もある)

アブノーマルな発想が頭をよぎる。気づくとペニスはまた最大限に勃起を果たしていた。二度の射精をしているので、かすかに鈍痛がある。

（将来この子たちがアナルセックスに興味を持ったら、まちがいなく僕の責任だな）

苦労して薬指を淫蜜に満たし、そっと二人の尻穴に添えた。そして割り込ませるように薬指も挿れていく。

「え、なに？　指が太くなった……？」

「あああ、すごい、どんどん来て、俊介さん！」

ほどなく、中指と薬指は、二人の少女の肛門に消えた。

最奥まで二本の指を挿入してから、思いっきり指先を反らせると、

「しゅん――あああっ、指が喉まで来てるぅぅぅ！」

「いやああっ、おしっ……おしっこ漏らしちゃいますぅぅぅ！」

理香と亜弥は、キャンピングカーの窓が震えるほどの声で絶叫した。

◉新人作品**大募集**◉

マドンナメイト編集部では、意欲あふれる新人作品を常時募集しております。採用された作品は、本人通知のうえ当文庫より出版されることになります。

【応募要項】未発表作品に限る。四〇〇字詰原稿用紙換算で三〇〇枚以上四〇〇枚以内。必ず梗概をお書き添えのうえ、名前・住所・電話番号を明記してお送り下さい。なお、採否にかかわらず原稿は返却いたしません。また、電話でのお問い合せはご遠慮下さい。

【送付先】〒一〇一-八四〇五 東京都千代田区神田三崎町二-一八-一一 マドンナ社編集部 新人作品募集係

美少女《びしょうじょ》たちのエッチ《えっち》な好奇心《こうきしん》 大人《おとな》のカラダ《からだ》いじり

著者◉浦路直彦【うらじ・なおひこ】

発行◉マドンナ社
発売◉二見書房
東京都千代田区神田三崎町二-一八-一一
電話 〇三-三五一五-二三一一(代表)
郵便振替 〇〇一七〇-四-二六三九

印刷◉株式会社堀内印刷所 製本◉株式会社村上製本所 落丁・乱丁本はお取替えいたします。定価は、カバーに表示してあります。
ISBN978-4-576-20052-1 ◉Printed in Japan ◉©N.Uraji 2020